「にゃにゃにゃ……まさか本当に海の底に城があったのかにゃ」
家が燃えて人生どうでも良くなったから、残ったなけなしの金でダークエルフの奴隷を買った。
2

「助けて頂いたお礼としまして、
ハロルド様とアティ様の身の回りのお世話を
するのであります」
人形が動いて喋った……。

家が燃えて人生どうでも良くなったから、残ったなけなしの金でダークエルフの奴隷を買った。
2
IEGA MOETE JINSEI DOUDEMOYOKU NATTA NOKOTTA NAKENASINO KANEDE DA-KUERUFUNO DOREIWO KATTA

ill. 花染なぎさ

陸奥こはる

口絵・本文イラスト
花染なぎさ

装丁
杉本臣希

contents

プロローグ

少しだけ早起きしてしまった。隣にはダークエルフの女の子のアティ。部屋の隅に、とぐろを巻いて寝る蛇のエキドナがいる。

二度寝が出来そうにはなかったので、いまだ寝息を立てている二人を起こさないようにしつつ、目を覚ます為(ため)に外に出ることにした。

甲板に出ると、水平線の向こうに、半分ほど姿をのぞかせる太陽があった。浅く息を吐くと白くなった。冷たい潮風が頬(ほお)を撫(な)でる。

早朝独特の肌寒さを感じていると、それのお陰で徐々に目が覚めた。そう時間も掛からないうちに思考がすっかり透明になった。

朝焼けに染まる大海原を見つめながら、僕はふと思う。

――あと何日くらいで西大陸に着くのだろうか?

北東大陸を出てから、二十日が経過している。しかしながら、未(いま)だ西大陸に着く気配はなく、そのような案内もまだ来ていない。確か、最初に聞いた説明だと、一ヶ月くらいという話だったと思う。そろそろ、終わりが見えても良い頃(ころ)ではないだろうか。

欠伸(あくび)をしている船員が、近くを通りかかった。これから仕事に入るのだろう。業務中に声をかけるのも躊躇われるので、今のうちにと僕は現在の状況を尋ねてみた。

「すみません。あとどれぐらいで西大陸に着きますか？」

「大陸に着くのに、あとどれぐらいか？　そうだなぁ、あと一回島に滞留して、その次に着くのが西大陸だ。次の島にいる日数も含めて、まぁ大体残り二週間ってところかな」

「二週間……」

ということは、全三十四日の行程。まぁ大体一ヶ月といったところである。当初の予定通りに進んではいるらしい。

「ありがとうございます」

軽くお礼を言う。船員は笑顔で立ち去っていった。僕はそれを見送り、そして、再び海原を見つめた。

太陽が上がり、朝焼け色は消え、その代わりに瑠璃色が視界を埋め尽くしていた。

この広大な景色を見ていると、なんだか、ここにいるのがウソのように思えてくる。数ヶ月前の僕に、今に至るまでの道程を教えれば、きっと凄く驚くだろう。それぐらい色々とあった。

——始まりは、貯蓄をはたいて買った僕の家が、盛大に燃えたことからだった。そのせいでやる気も何もかも無くなって、自棄になりかけて……残ったなけなしの金でアティを買ったのだ。

可愛い女の子で、手放したくもなくて、だからなるべく優しくありたいと思って……アティが「行きたい」と言った南大陸を目指すことにした。

とはいえ、行くにしてもお金は必要。だから、戦えるというアティの提案もあって、稼ぐ為に迷宮に入ったりもした。その時に、久しぶりに奥の手を使った成果もあり、資金をなんとか確保。倒したのが深層の魔物だったということもあって、あっという間に貯まるという幸運にも恵まれた。

セシルやヴァレンとも出会い、半人半魔との戦いなども経て、前の島では僕の家を燃やした犯人とのひと悶着なんかもあった。

特に犯人との一件は、まさかあそこで見つかるとは思いもしていなかったから、未だに解決したという実感が薄かったりもするが。

「振り返ってみると、本当に色々あったなって気がするよ……」

ため息を吐きたくなる。

でも、そう悪いことばかりではない。

厄介ごとが起きた反動なのか、今はだいぶ穏やかな時間を過ごせていて、気持ちにもお金にも余裕がある感じで……そのお陰か、僕の中では、旅をする楽しみを見つけたい、という思いも高まり始めていた。

もちろん、南大陸に行きたいという、アティの希望を最優先にしつつだけれどね。

1　猫の島

次の島に着いたのは数日が経った頃。

——三～四日間ほど滞留予定。停船している間は、前回と同様に島を自由に見て回って良い。

そんな案内が回ってきた。他の乗客にも当然にお触れは渡っていたようで、思い思いに島へと降りていく人々を停泊後すぐに見かけた。

旅を楽しみたい。そう思っていた時に滞留のお知らせ。

これは行くしかない。

と、いうことで、僕もアティと一緒に島へと降りていく。そして、島に降り立ってみると、中々に驚きの光景が待ち受けていた。

「にゃ。にゃ」

「あにゃ。あにゃ」

沢山の猫が歩いている。四足歩行のもいれば、二足歩行のもいる。手袋をしていたり、靴を履いていたり、どうにも僕の知っている猫ではない……。

面白い光景である。

「あれは、賢獣ですね。人の言葉を解する動物です。ここは賢獣で構成された島のようですね」

「そ、そんな生き物いるんだ……」

「います。亜人とも全然違いますし、珍しいと言えば珍しいですけれど」

世界は広い。

ほぼ人族のみで構成されていた北東大陸では、こういった場所はない。

僕からすれば初体験だ。

「にゃ？　どうかしたにゃ？」

二足歩行の猫が話しかけてきた。

二本足で歩いているだけでも驚きがあるのに、言葉も喋るとは……。〝賢獣〟と呼ばれる理由が早速分かった気がした。

「困ったことがあるなら言うにゃ」

「いや特には……」

「ふーん。まあ良いにゃ。船から降りてきた人だにゃ？　折角島に来てくれたから、これあげるにゃ」

背負っていた鞄から小包みを取り出すと、猫はそれをくれた。中を見ると、ニボシが入っていた。

優しい。

「おやつにゃ。ここは良い島にゃ。お店とかで沢山買い物して欲しいにゃ。色々な船が停まるから、よっぽどマイナーなのを除いて、世界中のお金で支払いが出来るようにしてるにゃ」

な、なるほど。

気分良くさせて、お金を落として欲しいと。

このニボシはその為ということかな。

「仕事があるから、これでさらばにゃ」

猫はそう言うと、すっすっと歩いて去って行く。尻尾がゆらゆら揺れていた。掴みたくなってくるけど……いや掴まないよ？　そんなことされたら、痛いだろうしね。

「……これ食べてみようか？」

「そうですね」

取りあえず、貰ったニボシを食べてみる。

カリッとしていて、塩気もあって、普通に美味しかった。

※

しばし歩いて、この島の建物が特徴的なことに僕は気づいた。

取っ手の位置がやたら低いことを除けば、人間が使うそれと同じなのだ。例えば大きさ。これが猫仕様にはなっておらず、中の広さも人間仕様なのである。

正直これって、猫と人間のどちらにとっても使い難いのではないかと思うのだけれど……まぁ恐らく、島外から来る観光客のことを考えた結果なのかも知れない。

島外の人間である僕らに対して、沢山買い物して欲しい、なんて言っていたしね。

ところで、この島は、猫の島ということもあって、どこに行っても必ずどこからか「にゃ」という声が聞こえてくる。右を見ても左を見ても必ず視界に一匹は猫が入る。

「釣れたにゃ！　あっ、でも、ウミタナゴにゃ……」

「にゃにゃにゃ！　俺はメバル釣ったにゃ！」

「にゃ、にゃごおおお！　お、重いにゃ！　誰(だれ)か手伝うにゃ！」

「分かったにゃ！」

「「おーにゃす！　おーにゃす！」」

「にゃー！　アナゴにゃー！　こいつが穴の中に入ろうとしたから重かったんだにゃ……」

護岸で釣竿(つりざお)を垂らしている猫もいる。

言動がまるで人間のよう。

仮に、賢獣というのは化けた人間たちと言われたら、多分僕は信じるかも知れない。

「あの、ハロルド様……」

くいくい――と、突然アティが僕の袖を引っ張ってくる。

どうしたんだろう？

「その……猫ちゃんが」

アティの視線の先を追うと、そこには二本足で立つ一匹の猫。帽子を深く被(かぶ)り、腰にポーチをつけたその猫は、ゴマをするように前脚をすりすりしている。

なんだろうこの猫は……。

「ダンナ、ちょいとそこのダンナ」

ゴマをする前脚を崩さず、猫が話しかけてくる。怪しさが満点なのだけど……。

「この島の案内とか必要ないにゃ？　お安くしとくにゃ」

「案内……？　観光案内って事？」

「そうにゃ。色々と秘密スポットもあるにゃよ」

……どうやらこの猫、観光案内の仕事をしていて、僕らに目をつけたらしい。

どうしようかな。

怪しい事は怪しいんだけれど、でも、確かにまだ分からないところも多い。そこそこ歩いてはみたけれど、短時間で隅々まで、というのは無理がある。……うーん。滞在日数も決まってるし、ある程度効率的に回るなら、雇うのも手ではあるのかな？

「ちなみに、いくらなの？」

「お兄さん持ってる通貨は何だにゃ？」

「ドゥだけど」

北東大陸で使っていたロブはもう無い。船内で全て両替済みである。

「ドゥなら……3000でどうかにゃ？」

お安くしておくよ……みたいなニュアンスで言われたけど、観光案内の相場を知らないから、高いのか安いのか分からないや。でも、法外な金額ではないと思う。万を超えたら、さすがにおかしくてぼったくりじゃないかって疑うけど。

ちらりと猫を見ると、くっくっくっと体を左右に振っている。良い返事を期待しているような雰囲気だ。

「にゃん♪」

「……」

「にゃにゃん♪　にゃ……」

「……」

「にゃぁぁ」

頼むかどうか決めかねて、僕が渋い顔をし続けていると、猫が急に泣きそうな表情になった。

「た、頼むにゃあぁ。お仕事ないと生きていけないにゃあぁ……」

そ、それはそうだろうけど。

「後生だにゃあぁ……。お腹触って良いからお願いだにゃ」

猫がゴロンと横になり、腹部を思いきり晒して見せてくる。同情を誘うような言い方だ。騙しに来ているのではないかと疑いたくなってくる。けれど——訝しむ僕とは裏腹に、

「……お腹」

アティが目の端を緩ませた。

「え？」

「いえ、何でもありません」

努めて冷静な表情で、アティは言い放つ。しかし、僕は偶然にも「お腹」という単語を聞き逃さ

なかった。

　もしかしたら、触りたいのかも知れない。

　そうだとすれば。

「よし、雇おう」

「え？　良いのかにゃ？」

「その代わり、お腹を触るよ」

「どうぞだにゃ」

「アティ、ほら、触ってみると良いよ」

「……え？」

「良いから」

　僕はアティの手を掴むと、そのまま猫のお腹まで持っていく。

「ふわふわで柔らかい……」

　アティの表情がさらに緩む。

　どうやら、触りたかったで間違いは無いようで、思わず僕の表情も柔らかくなっていく。

「ちょっと力強いにゃあ……。もっと優しく触るにゃ。そうでなきゃ触らせるのは中止にゃ」

　うん？

「こ、こう……？」

「あぁ良い感じに気持ち良いにゃ。……あ～ちょっとズレたにゃ、もう少し左」

「うん……」

「そこにゃ。そうにゃ……」

なんだか、サービスを受ける側と提供する側が逆転してない？　……まぁ、アティが嬉しそうだから、別にいいといえばいいけどさ。

※

「ふぃー、大体こんなもんにゃ」

案内が終わり、一番最初の場所まで戻ると、猫は前脚で額を拭う仕草をして見せた。汗を掻く生き物では無いと思うので、あくまで、「いち段落ついた」という気持ちを表明したといったところかな。

まあ、そんな事はさておいて。

とりあえず、この猫は地味に仕事が上手だった。島内にある各お店の特徴等も押さえつつ、横道にそれないと発見出来ない休憩所など、様々な場所を短時間で的確に案内してくれた。

僕的に面白かったのは、肉球の形の凹みがある銀板だ。熱に強い手袋に油を塗り、それを猫が前脚に装着。そして、融解させた銀にその前脚を突っ込んで作るものらしい。

ただ、やたら高かった。３万ドゥという価格。

単純な手順なのに、なぜそれほどまで高いのかと最初は思ったけれど、話を聞くときちんとした理由があるようだ。

固まるまでの時間を耐えられる猫が少ないせい、だそうで。

熱いからということではなくて、単にじっとしていることが出来ないとかなんとか。

「他は……まぁ特に無いにゃ」

「お疲れ様。ありがとう。はい、じゃあこれお代ね」

「毎度ありにゃ」

僕がお代を渡すと、猫は腰のポーチに大事そうにお金を入れた。これで猫とはお別れになる。アティが名残惜しそうにするかなと思ったけど、最初に触れただけで満足らしく、特に引きずるような表情はしていなかった。

まあ、ペットはエキドナもいるしね。僕の服の中でもぞもぞ動くばかりで、表に出てこないから、忘れそうになるけど、ちゃんといる。

「うん？」

服の中のエキドナを確認していると、猫が「スン」と鼻を鳴らして、僕の肩に飛び乗って視線を落とした。

「……なんにゃその蛇」

やばい。

どう見ても普通の蛇ではないから、魔物だということがバレるかも知れない。

普通に焦る。

猫の顔を見て若干固まったエキドナを隠す。僕は言い訳を必死に考えた。すると、猫は僕の答えを待たず、

「魔物にゃ？　……魔物と友達になれるにゃ？」

「ええっと……」

「別に焦らなくてもいいにゃ」

「そう……なの？　もしかして、この島だと珍しくないとか？」

「そんなこと無いにゃ。見つかったら普通に大変なことになるにゃ。ただ、俺は大丈夫というだけにゃ。誰にも言わないから安心するにゃ」

他の連中に見つかったら大変だけど、自分は大丈夫。

それってどういう事なんだろうか。

僕が答えを見いだせずにいると、猫は悩むような素振りを見せた後に僕の肩から降りて、てぽてぽした足取りで丸を描くように歩いた。

「……信頼して良さそうには思うんにゃけど。でも決定打には欠けるにゃ」

何かぶつぶつ言っている。

なんだか意味深なことを先ほどから言っているけれど、一体なんだというのか。

と、その時だった。

「にゃごおおおおお！」

「にゃにゃにゃ！」

「やばいにゃ！」

どぼん、と何かが海に落ちる音と、猫の叫び声が響いた。

何事かと思って振り向くと、護岸に集まった猫たちが、「あわわ」と前脚で口を押さえているのが見えた。

何かあったのだろうか？

少し気になって、僕は猫たちに近づくと事情を訊いた。

「凄い音がしたけれど、何が起きたの？」

「にゃにゃにゃ、友達が海に落ちたんだにゃ。釣りしてて、長い時間粘ってたにゃけど、とうとう力尽きてしまったにゃ。落ちないように俺たちも体支えてたにゃけど、疲れて来てて……」

「にゃご！」

ぶわっと海面から猫が顔を出した。ばちゃばちゃと音を立てて「助けてくれにゃあああ」と叫んでいる。しかし、それは一瞬の事で、すぐにまた沈んだ。

「助けたいけど、俺たちみんな泳げないにゃ。……あいつも泳げないから、このままだと死んじゃうにゃ」

……ちょっとこれは見捨てられないな。

溺れている猫を見て、高笑いして楽しむような趣味は持っていない。

「ちょっと行ってくるね」

「えっ……？　いえ、これぐらいなら私が」

「ううん。僕が行くよ」

代わりに行くと言うアティを制止しつつ、服の中のエキドナを鞄の中に突っ込んで地面に置くと、僕は海に飛び込む。「ぼごがぁ」と息を吐きだす猫を見つけ、抱きかかえて……うん？　この猫、溺れてるのに釣竿を手放してない。凄い根性である。いや、パニクって手放せていないだけか。

※

「助かったにゃあ……」

「俺たちからもお礼を言うにゃ」

「別にお礼を言われるほどのことじゃないよ」

「いいや言うにゃ。本当に本当にありがとうにゃ。竿まで一緒に……ありがたいにゃ。あのままだと大変な事になっていたにゃ」

竿に関しては、単に君が手放していなかったから、そのまま一緒に引き上げただけだよ。うん。

「ハロルド様……」

猫たちの様子にいち段落ついたところで、アティが、布で顔と体を拭いてくれた。多量の水気を含んだせいで、服は湿って少しべとつく。着替えた方が良いかな。

「……ダンナ悪い人じゃ無さそうだにゃ。あの猫を助けたのを見て確信したにゃ」

島の案内をしてくれたあの猫が、急に僕の視界に入ってきて、満足気に頷(うなず)いた。

「他の客には教えない、秘密の場所に連れていきたいにゃ」

「秘密の場所……？」

「そうにゃ。……そこで、ちょっとある人と話をして欲しいにゃ」

「え……？」

「他の人に見せられない人がいるんだにゃ。いつも俺とばかり話をしているにゃ。……その人はきっと、俺以外の誰かとも話をしたいと思っているハズだにゃ。たまには俺以外の人とも話をさせてあげたいにゃ。ダンナなら、話し相手になってくれて、黙っててくれるかにゃって……」

猫はゆらゆらと尻尾(しっぽ)を揺らす。少し自信が無さそうな、不安そうな感じ。勇気を出して言い出したことのような気がする。

にしても、他の人には会わせたくない人、か。

僕はアティと顔を見合わせた。

「どういたしましょうか？」

「……どう、しようかな」

少し悩む。

でも、勇気を出して言ってくれたのなら、それを無下に断るのもどうにも気乗りはしない。最終的に僕は「分かった」と告げた。

「良かったにゃあ！」

「でも、服を着替えてからね」

※

僕が了承したことが嬉しかったのか、猫の尻尾がピンと立っていた。で、それを頼りに後を追い、うっそうとした茂みを抜ける。狭い岩山の空洞を通る。すると、道無き道となっている岸壁に辿り着いた。

「気をつけるにゃよ。落ちたら海にドボンにゃ。……海底城の悪魔なんて昔話もあって、不注意に海に落ちたら引きずりこまれて戻ってこれなくなるとか、そういう迷信もあるにゃ」

ちらっと下を見ながら、ショバンニがそんな事を言った。それを聞いて、僕は、先ほど助けた猫が、「あのままだと大変なことになっていた」と言っていた意味が分かった気がした。恐らく、この迷信を知っていたから出た言葉なのだ。

「まぁ眉唾にゃ。たぶん、海に落ちて帰らぬ猫になった仲間や家族の死に理屈つけて、心の傷を薄めようとした結果の作り話だとは思うにゃ」

身も蓋もないことを言う。

まぁでも、教訓としては良い教えなのではないかなと思うけどね。

全員とはいかなくても、少しだけでも不注意で溺れる猫が減るのなら、十分に意味がある。

と、まぁこんな会話をしつつ、脚をかけられる僅かな出っ張りを伝って、足元に注意しながら下へと降りていく。すると、小さな砂浜へと出た。

「ここにゃ」

周囲を岩で囲まれているここは、普通に散策していたら、まず見つけられなそうな場所だ。秘密の場所っぽいだけあって、辺りには人気も猫気も全くない。そして、会わせたい人とやらの姿や気配もない。

「誰もいないようだけど……？」

「……今はいにゃいか。ここには人魚が来るんだにゃ。話をしてあげて欲しい相手というのは、人魚なんだにゃ」

人魚という単語に僕は思わず目を剥く。

「見たことあるかにゃ？　人魚」

「……いや、僕は見たことない。アティは？」

「……私も人魚は見た事がありません。一部の迷宮の中の、下層以下の大きな湖のような場所で出くわした、という話を聞いた事がありますが……。迷宮外にもいるなんて」

迷宮で出くわす、か。あるいは、どこかの迷宮から外へと出た魔物なのかも知れない――と、僕がそう思っていると、猫が情報を付け足してくる。

「……ここに来る人魚は、ずっと南の方から来たらしいにゃ」

確か南の方には海底迷宮があるとか何とか、そんな話を以前に聞いたことがあるような。とすると、そこから出てきた魔物が、ここに辿り着いた可能性もゼロではないのかな。けれども、そうだとすると魔物がウロついている、ということになる。

まさかとは思うものの、可能性は非常に高い。

エキドナを見た時の猫の反応を思い出すと、それがよく分かる。普通なら魔物を見れば驚くけれど、この猫は一切そうした様子は見せなかった。自分は大丈夫だとも言った。

魔物である人魚と会話をするぐらいに仲が良いから、そういうことを言えたのだろう。

「人魚は大人しいにゃ。ちゃんと話も通じるにゃ」

猫が無事なところを見るに、決して人魚は悪い魔物ではなさそうだけど。危険な魔物であれば、今頃この猫はこの世にはいないだろう。

「……ごめんだにゃ。お願いして来て貰ったのに」

「ああいや、いいよ別に」

「……もし良かったら、時間がある時にでもここに来て欲しいにゃ。人魚には会えたらダンナたちのこと伝えておくにゃから。お願いばかりで申し訳にゃいけど」

「大丈夫だよ。じゃあまた暇を見つけたら来るよ」

と、僕が軽く頬を掻くと――――、次の瞬間、ざぱぁあぁんと海辺から何かが飛び出してきた。現れたのは、綺麗な羽衣を纏った、下半身が魚の女性。

「にゃにゃにゃ！　いたにゃ！」

猫が嬉しそうにジャンプする。

「あら、ショバンニ」

「アンナネルラ！　今日は来てたにゃ！」

「そうねぇ、天気も良いし、ショバンニも来ているかも知れないと思って」

※

人魚——アンナネルラは、見れば見るほど不思議な雰囲気を持っていた。

確かにそこにいるというのに、今にも消え入りそうな、そんな儚さもあると言えば良いのか。

その様は、魔物というよりも、海の精とでも形容したくなるものである。

「ショバンニ、それで、そちらの方々は？」

「お客さんだにゃ。悪い連中じゃ無さそうだから、ここに連れて来たにゃ」

「あらそうなの……」

アンナネルラは、黒真珠のようなその瞳で、ショバンニが紹介した僕らを見据えてくる。

「初めまして、私アンナネルラと申します」

「……こちらこそ初めまして。僕がハロルドで、こっちがアティです」

「これはこれはご丁寧に。……しかし、あまり感心はしないわね」

感心しない？　何がだろうか。

僕は人魚の言葉の真意を測りかねる。

すると、

「これは魔術？」

魔術——アンナネルラのその言葉に、僕は思わずアティを見る。

「……申し訳ございません。蝶を飛ばしておりました」

蝶というと、あの迷宮の中で使った魔術かな。悪意や害意のある所に止まるという、アレだろうか。

「……敵意とかを調べる類の魔術のようね。それで、疑いは晴れたかしら？」

「……特別に害意の類があるわけではない、というのは分かりました。気分を害されたなら謝罪致します」

「別に構わないわ。攻撃されたワケでも無いし、あくまで私が悪者かどうかを調べようとしたってだけでしょう」

アンナネルラは肩を竦めて、気にしていないと仕草で伝えてきた。

一方、魔術を行使したアティは、少しだけバツが悪そうに口元を歪ませている。気づかれないと思っていたのにバレてしまったといったような、そんな表情だ。

「なるほど……」

僕はなんとも言えずに、ただ軽く頬を引っ掻くと、アティの頭を優しく撫でた。

いくら大丈夫と言われても、猫が無事なことがその証拠だとしても、きちんと自分自身で安全か否かを確かめたかったのだと思う。

「……あう」

「アティ――この子も悪気があったわけではないので」

「仲睦（なかむつ）まじくてよろしいことだわ。まぁでも、気にしていないから、別にいいけどね。……ショバンニが悪い連中じゃないって言うんだから、そうなんでしょ」

怒ってはいないようで、軽い感じで流される。問題にならなくて良かった感があるけど……にしても、このアンナネルラなる人魚、よく魔術に気づいた。種が分かっている僕ですら、まったく気づけなかったというのに。

なんて風なやり取りをしていると、横で見ていた猫のショバンニが、疑問符を頭の上に乗せていた。

「なんにゃ？　どうかしたかにゃ？」

彼だけが、何が起きたのかを理解していないようで、戸惑っていた。

「それより、皆で楽しく話をするにゃ」

そういえば、話し相手になって欲しい、というお願いだったね。

※

蝶の一件もあったせいか、最初は少しだけ距離感があったけれど、少しずつ僕らは打ち解けていった。しかし――ずっと話をしていると、話題も尽きてくるもので、そうすると自然と会話も減ってくる。

そんな時。ふと気づいたのが、この辺りの景観の良さだった。

折角だから、少し景色を見てみるよ——と、ショバンニ達に伝えると、僕はアティと一緒に腰を降ろせそうな岩場を探して座り、一時海を眺めることにした。

時折、視界の端に、引き続き楽しそうに会話をしているショバンニとアンナネルラも映る。

喋る猫と人魚、か。

こうして見ると、何だか寓話の世界にでも来たような気分になってくる。

「……ハロルド様、先ほどはすみませんでした。魔術を勝手に」

「……謝る事はないよ。念のために確認しようと思っただけでしょ？　なら、僕としてはむしろお礼を言いたいくらいだよ。ああいう方法で危険を探るのは、僕には出来ないからね」

僕がそう言うと、アティは嬉しそうな顔をした。

なんとも可愛い反応である。

「まあでも、よく蝶に気づいたよねあの人」

「……恐らく魔力を感知するような器官か、あるいは特技か、そういったものを持っているのかと」

「僕も分かるようになったらいいんだけどね。迷宮にまた入るかは分からないけど、そういう時に役に立ちそうだし」

「分からずとも、ハロルド様には私がいます。それでは駄目ですか？」

少しズルい言い方だなとは思う。こういう言い方をされてしまっては、僕はそれに逆らうことが出来ない。

「そんなことないよ。ありがとう」

そう言って笑むのが精一杯だ。

想(おも)いは通じ合って、肌も重ねているけれど、自分自身のこういうところは中々に変わらない。アティの気持ちとか希望とか、そういうものを優先したいと思ってしまう。

僕は優しくアティの頭を撫でる——と、その次の瞬間。

「にゃあああ！　本当かにゃ！」

ショバンニの大声が響き渡った。思わず振り向くと、尻尾(しっぽ)をビーンッと上向けて全身の毛を逆立てているショバンニと、神妙な顔をして頷(うなず)くアンナネルラがいた。

いったいどうしたのだろうか？

「本当よ。……暇だったからちょっと、ショバンニが前に言ってた島に伝わるっていう海底城を探しに行ったら、教えてくれた場所に本当にあったから、気になって中に入ってみたんだけど……そしたら何かいたのよ」

「にゃにゃにゃ……まさか本当に城があって悪魔もいたのかにゃ」

「悪魔かどうかまでは分からないケドね。ただ、あんまり良い感じの雰囲気ではなかったわ」

「い、一大事にゃ……」

「ちょ、ちょっとショバンニ！」
「島の皆に教えなきゃ駄目だにゃ！」
「待って待って。教えるのはいいけど、どうやって見つけたっていうの？　私の存在がバレちゃうんだけど」
「あっ……。そうだったにゃ。アンナネルラは魔物にゃ。皆にバレたら大変なことになるにゃ」
「そうよ。下手(へた)したら私が悪魔扱いされるんだから、もう。優しいのは美徳だけど、ちょっとは私の立場とかも考えて動いてよね」

どうやら、ショバンニが言っていた迷信が本当かも知れない、という話のようだ。確か僕も聞いた話で、海底城がどうの悪魔がどうのとかいうアレである。人魚という特性を生かして、アンナネルラが見つけたそうだ。

会話に割って入るべきか、少し悩む。

少し気にはなったけれど、僕らが首を突っ込んで良いことではないようにも思えた。ここでは僕らは余所者(よそもの)であり、頼まれもしていないのに興味本位だけで関わっても、ショバンニたちも気分が良くはないだろう。

アティの耳がピクピクと動いているのが見えた。帽子の上からでも分かる。アティも会話を捉えてはいるけれど（耳が良いから当たり前といえば当たり前だけど……）、僕の判断を待っているような感じだ。

あまり待たせるわけにもいかない。時間的にもそろそろ船に一旦戻らなければいけない。日の傾きが見え始めている。

というところで、最終的に。向こうから何か言って来ない限り、不必要には関わらないようにした方がいいだろうと、僕はそう結論を出した。

「にゃにゃにゃ。どうしたらいいのかにゃ……。考える時間が必要にゃ」

「そうね。危険だと決まったわけでもないしね。……私も、安全確認の意味も込めて、あとでもう一回様子見にいってくるわ」

「怪我(けが)しないようにだにゃ」

「優しいショバンニ。大好きよそういうところ」

「にゃーん……。えっと、そ、そうだにゃ。今日はありがとうだにゃ。そろそろ日も暮れるから帰ると良いにゃ。暗いと戻るのも危険にゃから」

ショバンニが僕らを見て言う。僕とアティは頷いて、船に戻ることにした。

2　アンナネルラのお願い

「お爺ちゃんまで降りなくて良かったのに」

「そうは言っても、お前がまた何かしでかすかと思えばこそ……」

「もうやらないってば……」

「腰がイタタタ……」

「ぎっくり腰なんだから寝てなさいってば」

「そのうち治る。腐っても元剣聖じゃ」

「それ治る理由になってなくない？　ってか、何もしてないのになんでぎっくり腰になったの」

「いや何もしてなかったワケではない。ちょいとな……」

「ちょいと？　あっ、もしかして……やだーもういい歳してるのにまさかとは思うけど」

「変な勘違いしてそうじゃな。誰に似たんだか。少なくともワシではないことだけは確かじゃが」

船で夕食を取るのも味気ないと思って、島で食べようと小料理屋に入ったら、ヴァレンとセシルがいた。

相変わらずの二人だ。

「うん……？　おお若人ではないか」

「え？　あ、ほんとだ」

「どうも」

「一緒に食べようよ」

と、セシルが何気なく僕らを誘う言葉を口にする。少し猪突猛進なところはあるものの、垣根を作らない朗らかなこの距離感は、人としては好ましい部類だろう。

僕は口元を緩ませる。すると、ヴァレンがアティを見た。そして、なぜか額にブワッと汗を浮かべる。

「……ワ、ワシは口が堅い方じゃ」

「あ、あの……？」

「どうしたのお爺ちゃん？」

「どうされたのでしょうか？　まぁその、口が堅いというのは、とてもよろしいことだとは思いますが……」

みんなで怪訝に顔を見合わせた。本当に急にどうしたのだろうか。

「……まぁいいか。とにかく、はいはい座って座ってー」

ヴァレンが何を気にしているのかは分からない。ただ、話したがらないことを、無理に聞き出すのも失礼だ。

ともあれ、同席を断る理由もないので、ひとまずセシルに勧められるがままに僕とアティは席についた。

※

食事を進めていくと、挙動不審気味だったヴァレンも、段々といつも通りになっていく。気にする必要は無かったようだ。

もっとも、なぜかアティの方だけは頑なに見ようとしなくて、それがなぜなのかは少し疑問ではあったけど。

「……にしても、本当に猫が多い島ですよね。〝賢獣〟というらしいですが僕は初めて見ました。言葉を喋ったりするなんて驚きましたよ。北東大陸では全然見かけませんし」

「あーそれ私も思った。びっくりしちゃった」

「まぁ外に出たことがない者はそうじゃろうな。若い頃にワシはしょっちゅう世界中を回る機会に恵まれたこともあって、何度も見かけておるから、驚きはせん」

元剣聖ともなれば、送って来た人生も波乱のものであったのだろう。以前の会話からもそれは窺い知れるところだ。

「しかし、この島は何も変わらんな。前に来たのは二十……いや三十年前か。それぐらい昔じゃが、その時も今と変わらず猫だらけだったのう」

「昔に来た事があるのですか。……ちなみに、その時はどういった理由でこの島を訪れたのかお聞きしても？」

「旅の途中で寄ったのだ。妻が世界一周旅行をしたいと言いおってな」

「奥様ですか？　今はどちらに？　今回の旅には同行されておられないようですが」

もともとヴァレンは北東大陸から逃げる目的を持っている。ご婦人がいないのは、考えてみれば少しおかしい。先んじて避難させた、とかだろうか？

「もうおらん。世界一周は余命いくばくもない妻の最後の頼みでもあったのだ」

「……おばあちゃんかぁ。私が産まれる前に亡くなっちゃったんだよね」

しんみりとした空気になる。

き、聞かなければよかった。二人ともいつも軽い調子なことが多いから、つい、何も考えずに聞いてしまった。

「……あ、あまり思い出されたくないことを思い出させてしまったようで」

「いや気にしてはおらん。……もうずっと前の話であるしな。……明るい妻であった。あまり辛気臭く語りたくはない。喜ばん」

僕は自身の浅慮さを後悔しつつ、「申し訳ありませんでした」とお詫(わ)びの言葉を述べる。それからこの空気を変えるべく別の話題を振ることにした。

「そ、そういえば、この島には迷信があるそうですね」

「迷信……？」

なんとか流れを変えられそうだ。僕はかくかくしかじかとショバンニから聞いた話を二人に伝えて聞かせる。海底城があって、そこには悪魔がいて、という話だ。

「と、いう話のようなのですが」

「私は初耳ー」

「ワシは前に聞いたことがある。あの頃はまだ今より動けたこともあって、海底城探しをした記憶があるわい」

「本当ですか？　海の底にあるんですよ？　どうやって見つけようとしたんですか」

アンナネルラは人魚だから可能だったのであって、純粋な人間であるヴァレンには無理があるのでは。

「剣で海を割った」

は？

「島の猫たちを驚かせると悪いと思って、夜中にこっそりとやったのじゃが……夜は駄目だのう。幾らか割くことは割けたが、暗くてよう見えんかったわ。ほほほっ」

当時はまだ現役の剣聖であったこともあって、それぐらいは出来た、とヴァレンは言葉を続ける。

正直いって信じられない。けれど、冗談を言っているようにも見えない。ちょっと失敗してしまった、みたいな軽い自然な口調のせいもある。

「お爺ちゃんウソついてないよね……？」

孫のセシルも疑いの眼差しを向ける。ヴァレンは面白くなさそうに口を尖らせた。

「なぜウソをつく必要がある。どうせウソをつくなら、実はワシは神様じゃからとか、そういう風に言うわい。……あるいは、強さで見栄を張るか威嚇する目的であるならば、元剣聖という肩書を尊大に語って聞かせる方が効果的であって、海を割るだの割らんだのなどとはのたまわん」

「そ、それはそうだろうケド」

「……まぁ仕方あるまい。手ほどきをしておるが、ワシの本気を、その片鱗(へんりん)すら見せたことがただの一度も無かった」

「それは……まぁね。強いってのは分かってるけどさ」

「ワシの言葉の真偽を確かめたいのなら、それを見せられるぐらいに強くなれ」

「はいはい。頑張りますよーっと」

「それでええ。……まぁしかし、アレだのう」

ヴァレンはセシルに向けていた視線を、僕に移した。

「そろそろ西大陸に着くが、そこで若人たちとはお別れになろうな。その時に挨拶が出来るとも限らぬゆえ、先に言っておこう。中々に楽しかった、と」

ヴァレンが言うには、西大陸の港に迎えの人が馬車を用意して待っているらしい。行き先は西大陸の西部で、南大陸を目指す僕らとは明確に進路が違う。まぁつまり、大陸に着いた時点でお別れとなるのだ。

寂しくないかと問われればもちろん寂しい。せっかく知り合いになれたのだからね。でも、出会いがあれば別れもあるのが世の中というものだ。

それに、寂しくはあっても悲しくはない。僕にはアティもいる。大好きな女の子が傍(そば)にいるなら、それだけで十分なのだ。

「こちらこそ色々とありがとうございました。また縁があればお会いすることもあるでしょうから、その時はどうぞよろしくお願いしますね」

「そうじゃな」

「……残念だなー。ハロルドのこと私は結構好――」

「――い、いかん。それ以上を言ってはならん」

ヴァレンがセシルの口を塞ぐ。そして、なぜかアティを見た。アティはニコニコしていて、いつも通りの可愛らしい表情だ。

「あにすんのよお爺ちゃん！」

「やめておくのじゃ」

「え？　なんで？　別に悪いこと言おうとしてるわけじゃ――」

「――何かこう、嫌な予感がするのじゃ」

「？？？？」

先ほどから、ヴァレンの様子がおかしい。まるで、アティを警戒しているかのようだ。

アティが何かやったのかな……？　そんなことはしない子だと信じてはいるけれど、一応当人のアティに話を聞いてみようかな。

「アティを凄く警戒してるような感じなんだけど……何か心当たりとかある？」

「いえ何もございませんが……」

「そっか。それじゃあ僕の勘違いかな」

「恐らくそうであると思います。お疲れなのかも知れません。今日は早めに休みましょう」

別に疲れてはいないと思うんだけど……自分で気づいていないだけなのかな。……アティの言う通りに今日は早めに休もう。

と、

「……ぎぁ」

鞄の中からエキドナの鳴き声が聞こえて来た。寝起きみたいな声だ。エキドナはもぞもぞと動いて、誰にも見つからない角度で僅かに顔を出すと、鼻をひくつかせる。

「ぎぅ」

ご飯が欲しいらしいので、お皿の上にあるお肉を小さく削って口の中に運んであげた……のだが、猫の店員が近づくとサッと鞄の中に隠れてしまった。

そういえば、ショバンニに案内されていた時も全く出てこなかったよね。見つかった時もビクついていたし。なるほど。猫が苦手みたい。

※

翌朝。

僕は、アティを膝の上に乗せて抱きしめながら、とりとめもない話を楽しんでいた。

静かな朝の時間は二人で愛を育む為に使いたい。

「……もっとぎゅってして頂けると嬉しいです。そうされると、愛されてるって、すっごく実感出来ると言いますか」

「……うん」

少しだけ強めに抱きしめる。凄く落ち着く感触だ。

今日はこんな感じでゆっくりしよう……と、そう思っていたのだが。

ふと窓の外を見て、僕はぱちくりと瞬きをくり返した。

「……？　ハロルド様？」

「いや、その……外」

「外……ですか？」

僕に言われてアティも窓を眺め——大きく目を丸くした。

そこにいたのは、アンナネルラだ。向こうもまさか僕らと再び出会うとは思っていなかったのか、驚いたような様子で固まっている。

数秒の沈黙を経て、先に動いたのはアンナネルラだった。微笑むと、コンコンと優しく窓を叩いてきた。挨拶のつもりなのだろうか。とりあえず、僕も同じように窓を軽く叩く。すると、アンナネルラは上を指さしてきた。

「どういう意味だろう」

「恐らく……直接会って話をしたい、ではないでしょうか」

あーなるほど……。だから上を指さしているんだ。外で会いましょうと、そういうことなのだ。

何かあったのだろうか？

ひとまず僕は頷いた。アンナネルラはもう一度笑むと、すぅっと泳いで消えた。

人前には出られない身ではあるから、甲板や街の護岸に向かったワケではなさそうだ。きっと、あの砂浜だ。

※

砂浜まで辿り着くと、予想通りにアンナネルラはそこにいた。上半身だけ海から出して、岩礁を背もたれにして、いかにも待ち人――僕らを待っていますという感じである。

「どうも」

声をかけると、アンナネルラはにこっと笑って振り向いた。

「こちらこそ。さっきはごめんね」

「いえ別に……。それより、どうかしたのですか」

「そうね……少しね」

アンナネルラの表情が曇る。

その理由は何だろうか？　まぁ、考えるまでもなく、おおよその原因は分かるけれど。海底城と悪魔の件だ。確か、もう一度行くようなことを言っていた気がする。何か不測の事態でも起きたのかも知れない。

「……あなたたちって多分戦えるのよね。そちらのお嬢さんなんか魔術を使えるし」

「まぁ一応は」

「……不躾で悪いんだけど、少し力を借りたいのよ。誰かいないかなって探していたんだけど、私は魔物だから、協力なんかそう簡単には得られないわ。名乗り出たら殺されるかも」

それはそうだろう。仮に脅威ではないと説明したとして、全員が理解を示してくれるとは限らないのだ。むしろ、偽りの語りだと思う人の方が多いのではないかと思う。

「私は一人でこの島の近くまで来た経緯があるから、仲間もいないの。だから、どうしようって思いながら海の中を泳いでいて……そしたら、あなたたちを見つけた」

「……なるほど。それでその、力を借りたいとは言いますが、それはどういう意味ですか？　具体的に教えて頂ければ」

「協力してくれるの？」

「話次第ですね」

「……それもそうか」

アンナネルラは「ふぅ」と一つ息を吐くと、それからぽつりぽつりと語り始めた。

「……あの後ね、海底城に行ったのよ私。海底城は知っている？　まぁショバンニとの話が聞こえていたとは思うから、説明は省くけど……私二回目なのよそこに行くの。で、前に入った時に変なヤツを見つけたのよね。で、その時は害がない私みたいな魔物の類かなと思ってたんだケド……」

「けど？」

「……海底城をうろついていたら、昨日も前回と同じくまた見かけたから、こっそり様子を窺ってみたんだけど、何か怪しいことをやりそうなのよね。『もっと骨が欲しいな』ってぶつぶつ呟いていて」

「……戦えるのを前提に、僕らに協力を求めるということは……まさか戦うつもりなのですか？　そんなことをしなくても、逃げれば良いのでは？　海の中ならどこへなりとあなたは行けるのではないですか？」

「そんなことしたらショバンニが大変な目にあうでしょ！」

アンナネルラは、ビタン、と尾を海面に叩きつける。水しぶきが舞う。水滴が海面に落ち始めた頃、アンナネルラはハッとして苦虫を噛み潰したような表情になった。

「あっ、ご、ごめんなさい」

「いえ……僕もすみませんでした。そうですよね。仲が良いのに見捨てるなんて出来ないですよね。無神経なことを言ってしまいました」

僕は謝りつつ、反射的に銃口を向けていたアティを制止する。

「……お願い。私にとってショバンニはとても大切なの。この砂浜から二人で見る夕焼けが何ものにも代えられないぐらいに大事なの」

海面に波紋が広がる。よく見ればアンナネルラは泣いていた。頬を伝う涙滴がこぼれ落ちているのだ。

「……ハロルド様」

アティが僕を見る。どうするべきかの判断を待っているのだ。恐らく僕が断ると言ってもアティは頷いてくれる。でも、泣いて頼み込んできた人を無視したら、きっと、口に出さないだけで幻滅するかも知れず——いや、アティ以上に僕が僕自身を軽蔑してしまうだろう。

確かに、当初は関わるつもりは無かった。でも、それはあくまで〝頼まれなければ〟なのだ。今の状況は違う。これを踏まえずに断ってしまったのならば、僕は恐らく後悔をする。そうなると分かっていて、あえてその道を選ぶほど僕は天邪鬼（あまのじゃく）でもない。

「……分かりました。手伝いましょう」

だから、これが僕の答えだった。

「……お供致します。ハロルド様」

アティはそう言って、「仕方ありませんね」と言いたげに眉尻を下げて笑み、

「……ありがとう」

アンナネルラは泣きながら笑った。

3　海底城と奥の手

――泡だ。

指先で触れれば、パチン、と割れてしまいそうな泡である。

僕とアティは、今まさにそれに包まれていた。これは、海中を移動する為に、アティが魔術で作り出してくれたものだ。

アティが色々と魔術を使えるのは知っているけれど、こんなことまで出来るとは驚くばかりである。

「これで移動は問題ないとして……あとは海底城に着いたらどうしようか」

戦いが前提の協力なので、一度船に戻って準備を整え直してはいる。寝ているエキドナもそのまま起こさず置いてきた。

とにかく、海底城は海中にある。戦いが起きるとすれば、今のままだと泡に包まれた状態でということになるんだけれど、さすがにそれは無理がある。結構深いところに海底城はあるようだから、泡が消えたら、戦う云々の前に間違いなく溺死確定。

「うーん……」

と、僕が唸ると、そこでアンナネルラが助け船を出して来た。

「大丈夫よ。私に任せて。水に関わる魔術は得意なの」

アンナネルラは魔術を使えるらしい。それも、水中に特化したものを。一体どんな魔術なのだろうか？

その答えは、海底城が見えた頃に分かった。

しばらく進むと、真っ白な外壁の海底城が見えて来る。すると、アンナネルラが何かを唱え始める。よくは聞こえないものの、海中が大きく振動しているのが分かった。振動は海底城に届き、その周辺の一帯から水が消え始めた。いやこれは消えるというより……弾いている、といった方が正しいかも知れない。

やがて、海底城は陸にある建物と同じような状態となる。

「……撥水の魔術は私も使えますが、ここまで大規模なものは不可能ですね」

「それはそうでしょ。私は人魚だもの。人魚は水に特化した魔術が得意な子が多いのよ。私はその中でも結構優秀な方。ちなみに、これは撥水だけではないわ。水中に含まれる空気も弾いて、それは逆にあの中に溜めたから、あそこに降りても息苦しいとかそういうこともないわよ」

「発想の転換ですね。そういった使い方も出来るとは……」

二人の魔術談義を横で聞きながら、城の入り口に降り立つと、僕とアティを包む泡が役目を終えてパチンと弾けて消えた。

「さて、ここから先は、私も姿を変えないと駄目ね……」

そう言ったアンナネルラの下半身が、徐々に形を変えて行った。魚の尾だったそれは、一瞬のうちに人間の脚となる。

「……それも魔術なんですか？」

「これは違うわ。私の種族特性みたいなものよ」

擬態とか、そういう感じの何かだろうか。とにかく、凄い能力ではある。見た目が完全に人にしか見えなくなっている。

浅く息を吐き、アンナネルラが城の入り口を見据えた。

「……こんな魔術使ってしまったし、もう中のヤツには私たちの存在はバレてるわ。いつ戦いになるか分からない。……人の姿になった私はあまり役に立たないから、申し訳ないけれど、ここから先はお願いするわね」

もとよりそのつもりである。

※

中に入ってみると、城内は朽ちかけていた。壁の建材がボロボロと崩れ、生い茂るように育った海藻の類が床の隙間から生えている。海水に浸かっていたせいもあるだろうけど、それを加味しても、相当な年数が経過している事が分かる。

コツ、コツ、と一歩の音を鮮明に響かせながら奥へと進む。

海水に浸かっていた時に中に入ったことがある、というアンナネルラの道案内で、海底城内を次々に回っていく。食堂のような場所、酒樽部屋、使用人部屋……色々だ。各所には、食器や生活用品、あるいは装飾品の類が、そっくりそのまま残されていたけれど、経過年数のせいなのか、手に取ってみると土くれのようにボロボロと欠けていった。

指先についた白い石灰のような汚れを拭いつつ、僕らは探索を進める。何者かがいる、という話だったけれど、いまのところその気配はまだ……と思っていると、ふとアティの眼が細まった。通路の先をじっと見つめ始める。

「……蝶に反応があります。この通路の先に何かいます」

だからいつの間に蝶を……というのはさておいて、ともあれ、件の相手を見つけたらしい。

※

そこは、広い空間を擁する部屋——大広間だった。幾つもの大きく見事な石柱に支えられ、天井には一際目立つ立派なステンドグラスが嵌め込まれている。

と、次の瞬間。

「ハロルド様！　上です！」

アティに言われて上を見る。すると、天井から巨大な何かが僕目掛けて落ちて来ていた。慌てて避けると、それは床に激突。ズシィンと鈍く強い衝撃音と共に白い粉が舞った。

「お怪我はありませんか？」

「大丈夫。教えてくれてありがとう」

海の底にあった城だというのに、こうして粉塵が舞うのは、撥水の魔術が効いたせいだろうか。

ともあれ、危ないところだった、と冷や汗を掻きながら白い埃に目を凝らす。

一体何が落ちて来たのか。

徐々に視界が明瞭になると共に、その正体が鮮明になる。それは、沢山の骨が集まって出来た
――大きな人型をしている何か――だった。

「ゴーレム……」

と、アティが呟く。

――ゴーレム。僕も聞いたことはある。確か、魔術や呪術などで作られた人形のことだ。これが件の悪魔の正体なのだろうか。確認の意味も込めて、アンナネルラを見ると、首を横に振った。

「前に来た時にはこんなのいなかった。違う。見たのはこれじゃない……」

「となると……これは」

「恐らく術者が別にいるのかと。アンナネルラさんが見たのは、術者の方でしょう」

僕もそう思う。それ以外には考えられない。しかし、海中に存在していながら、魔術を行使しているとなると……アンナネルラのような、人魚か何かの魔物だろうか？

しかし、正体はそうではなかった。

骨で組み上げられたゴーレムの内側から、一瞬だけ、ぎらりとした眼光が奔る。

「いま何か見えなかった……?」

「はい。私にも見えました。ゴーレムの内側に術者がいるようです。……なるほど、随分と自信があるみたいです。絶対に倒されないという確信があればこそ、内側はもっとも安全な場所だと判断したのでしょう」

「つまり中から引っ張り出さなきゃいけないってことだね……。でも、あのゴーレムかなりデカいうえに硬そうだけど、倒せるかな」

「……無理にゴーレムを倒す必要もないかと。ようは、内側の術者さえどうにかすれば良いのですから」

アティが銃口をゴーレムに向けると同時に、重なった発砲音が響く。早撃ちだ。弾丸は瞬く間に進み、吸い込まれるように組み上げられた骨の隙間から内側へと入った。ぐちっと、肉にめり込むような音が聞こえる。中にいる術者に着弾したようで、がらがらとゴーレムが崩れ落ちていき、中から一人の男が現れて床に伏した。

「……」

「……と、まぁこのように」

「……お見事」

僕の出番が全く無かった。

「骨で組み上げられていた、というのが幸いでした。隙間が多いですから」

アティはしれっとした顔で言うけれど、中々出来ることではないだろう。改めて凄い子だよね、と思う。

「え？　あの……もう終わったの？」

僕の知らない内に後方の物陰に隠れていたアンナネルラが、ひょっこりと顔を出して来た。

「多分ですけど……というか、いつの間に後ろに」

「あ、あら。だって邪魔になるかなって……」

まぁ、戦いが得意ではないというのだから、下手に前に出られるより、ずっと良い判断ではある。

これで終わり……なのかな。

僕は一息をつく。しかし、なぜか急にアティが警戒心を再びあらわにし、床に伏した男に銃口を向け直した。

「どうしたの？」

「いえ……。あれで終わりかと思ったのですが、どうやら違うようなので」

一瞬戸惑う。どういう意味だろうか、と。すると、男が上体を起こした。血の気がない、頬がこけた真っ青な顔で、カチカチ歯を鳴らして笑い始める。

「すんげぇーのがいたもんだな。驚きの精度だ。びっくりしちゃったよ俺」

ダメージなど一つもないかのように、男はピンピンとしたまま、服についた埃を払った。そしてこちらを見ると、

「うん？　なんだその顔？　どーして俺が元気なのか不思議だって顔してるが……どうしよっかな。教えて欲しい？　いーや教えなーい」

再びカチカチと歯を鳴らす男。

一体こいつは何者なのだろうか。

僕は考えを巡らす。すると、アティが小さな声で、

「——死霊術師ですね。死霊術師が自分自身をアンデッドにする、というのはそう珍しくはありません。あの男も同様なのでしょう。だから、数発の弾丸程度では倒せなかった、といったところかと」

ゴーレムの組み上げ材に骨を使ったのも、死霊術師であるからこそではないか、とアティは続ける。

「あれを倒しきるには、完全に頭部を粉々にするしかありません。ですが、そこは向こうも十二分に承知でしょう。魔術も使えるとなると——」

ぱん。銃弾が一つ飛ぶ。そして、死霊術師の頭蓋に当たる直前で——ばちんと弾かれた。

「ちっ、なんだもう気づいたのか。面白くねーな」

死霊術師はぺっと唾を吐く。

どうやら、頭部の守りは万全のようだ。これも魔術なのだろう。使い手によって特徴や術の方向性に向き不向きはあれど、本当に便利な力だ。

「……そうか、魔術に聡いやつがいるのか。急に海水が弾かれて陸地みてーになったから、なんだなんだって思ってたが、なるほど。

……城が海に落ちてはや三百年。何も変化が無くてずぅっとこのままかと思ってたが、最近——ここ二、三十年の間は面白いことが連続して起きる。急に海が割れたり、やたら強い変な通りすが

りが来たり。……んで、そうこうしているうちにお前らだ」

海を割ったというのは、以前に島に来た時のヴァレンの仕業だろう。でも、やたら強いヤツ、というのは誰だろうか。

いや、今はそんなことはどうでもいい。

僕が槍を握る力を強めると、死霊術師は大仰に両腕を広げる。

「ははっ……楽しいことが起きると、俺もなんかしたくなってくる。だがそれには道具が必要だ。もっともっと骨が欲しい」

……どうやら、迷信は事実だったようだ。

眉唾の話なんかではない。

悪魔と呼称される存在は確かにいた。この死霊術師こそがまさにそうなのだった。言葉の端々から それが分かる。足元に転がるゴーレムの組み上げ材に使われていた骨も、よく見ると猫のものであった。

引きずり込んだのだろう。

「……なぁおい、良いこと教えてやるよ。この城はもともと普通の建材で出来ていたんだ。だが、俺が自分に良いように作り替えた」

「……どういう」

意味だ、と問おうとして僕は言葉を飲み込んだ。

この城は白い。

まるで石灰のようだ。

舞っていた粉塵も白かったし、手にした食器や調度品にも白い汚れがあった。……骨の色と同じ色なのだ。

「――まさか」

「そのまさかだ！　この城は骨で出来ている！　元は普通の城だったが、骨をすり潰して作った粉を使い、壁や床や天井を刷新しているのさ！　これがどういうことか分かるか？　要するに、この城は俺が自由に動かせるゴーレムとしての機能を持っているんだ！」

ごごご、と城全体が振動する。死霊術師が城そのものを動かし始めたのだ。

「……城を動かしてどうするつもり？」

「どうするつもりかって？　ははっ、お前らを倒しながら、近くの島の連中も全員ぶち殺してやろうと思ってな。もっと骨があれば城を更にデカく出来る。誰にも破壊することが出来ない巨大な移動要塞を作ってやる。海底でジッとしているのも今日で終わりだ。……外の世界で楽しいことが起きていそうなのに、黙って指を咥えて見ているだけってのは性に合わねぇからな」

死霊術師がパチンと指を鳴らした。

城の床から粘つくような白い泥が盛り上がり、鎧の姿を形作る。新たなゴーレムのようだ。先ほどの骨を組み上げたものとは違い、隙間などない蝋で出来たような出で立ちである。

「素材はそこら中にある！　城そのものが素材だ！　仮にゴーレムが壊されちまっても、破片をまた再利用することも出来る。ずっと戦い続けられるぜ！

さぁ……二回戦といこうか。そうそう、言っておくが、こいつらはさっき俺が入っていたのと違ってすんげぇ硬ぇぞォ！　限界まで圧縮して練り上げたからなぁ！　城を止めたいか？　なら俺を倒せ！　だが、俺を倒す為にはこいつらを壊さなきゃなァ！　楽しいだろ？」

戦う事になるのは覚悟の上ではあったけれど、こういう状況に陥るとはさすがに予想していなかった。

「……ハロルド様」

珍しくアティの表情が曇っている。

「この鎧姿のゴーレムは中に人がいるわけでありません。つまり、物理的に破壊しなければ止められません。……先ほどのゴーレムよりも硬いというのも、その通りかと思われます。何度も作り直せるというのも、魔術の行使に術者本人が負担を感じている様子がないので、嘘ではないと思われます。余力がまだまだありそうです。……楽にはいかないかも知れません」

厄介な戦いになりそうだ。

※

何体倒してもゴーレムはすぐさま新たに作られる。時折アティが死霊術師を狙うものの、その頭部は障壁で完璧に守られている。

「おいおいおい、どうしたよ。ほらほら」

「うるさいなぁ……」

城は動き続けている。刻一刻と島へと向かっている。

海底城から島までの距離はそう遠くはなく、時間の猶予もあまり無い。

「くそっ」

海底城をなんとかするだけなら、僕らが死霊術師を倒す必要は無い。

島にはヴァレンがいるからだ。

海底城が島に辿り着いたならば、ヴァレンもさすがに気づくだろう。そうしたら、なんとかしてくれる可能性が高いのである。海底城を止めるだけなら、それまで持ち堪えれば良いのだ。

でも――残念ながら、その手を取ることは出来ない。

それで解決したとしても、被害がゼロで収まるとは限らないからである。

ヴァレンが気づくタイミングが、海底城が島を攻撃し始めた後になった場合、被害は避けられない。

僕とアティがここにいるのは、ショバンニを助けたい、というアンナネルラのお願いを受けてなのだ。万が一にも、ショバンニがその被害者の中に入ってしまったとしたら、僕らにとっては本末転倒だった。

だから、必ずここで仕留める必要がある。

けれど、どうやって？　戦い始めてから、硬すぎるゴーレムたちを相手にしたせいで、槍の限界が近づいている。そろそろ壊れてしまいそうだ。このままだと、アティの負担が一気に増えることになる。

　打開策を考えなければならない。

　しかし、向こうはその時間を与えてはくれないようだった。

「そろそろ俺も飽きてきたな。終わりにするか」

　死霊術師がパチンと指を鳴らす。今度は大きい音がした。すると、急に両隣に白い壁が出来て、僕らを挟むように動き出した。

　このままでは全員仲良く押し潰されてしまう。

　考えている時間はもうない。

　こうなったら――

「ハ、ハロルド様……？」

　アティが僕の異変に気づいた。

「それは……もしかして……だ、駄目です！　使わないという約束を前に――」

「ごめんね」

　奥の手なら、きっと、障壁ごとぶち抜いて消滅させることが出来る。術師をどうにかすれば、全ては終わるのだ。

　これ以外の方法は思いつかない。

「お、お前、なんだそれ」

　先ほどまでニヤニヤしていた死霊術師が後ずさり、

「それ……何か凄い禍々しいんだけど……」

後方のアンナネルラの頬が引き攣り、

「駄目です！　やめてください！」

アティが僕の腕を引っ張る。

恐らく僕の状態は、傍から見たら凄いことになっているのだろう。血涙が溢れ出し、浮き出る血管が大仰に脈打ち、吐息が熱気を帯びている。

左目に激痛が走った。

以前よりも体への負担が大きい気がする。すぐに使わなければ、という焦りもあってか、ただでさえ利かない制御がもっと利かなくなっているようだ。

※

目が覚めると、僕はベッドの上に居た。

僅かな篝火の明かりが、部屋の中を照らしている。

意識を失った後に、僕はバレスティー号にある自室まで運び込まれたようだ。無事にここに居る、ということはなんとかなったのだろう。

「はぁ……」

息を吐く。

アティにまた心配をかけてしまったと、そう思った。

でも、あれしか方法が無かったから……。

取りあえず、体は大丈夫だよと伝えに行こう。僕は起き上がると、アティを探そうとして——ふと、景色がおかしいことに気づいた。

左側が白と黒でのみ彩られた世界になっていたのだ。

左目が色を認識出来なくなっている……。

奥の手の後遺症だろうか。

僕的には使ったことを後悔はしていない。こういう症状が出る可能性は知っていた。

ただ、このままではいけないな、とも思った。奥の手の使用時の制御について考える必要がある。次に使う時に、これ以上の代償を被る可能性もあるのだ。それは避けたい。

「教わった時……どうだったかな」

僕は記憶を頼りに、【穿たれしは国溶けの槍】を教わった時の事を、少し思い出してみる事にした。

確か、あの時は父が実演してくれたのだった。

そしてその時、父は満身創痍になどなってはいなかった。

親子と言えど出来が違うから、無理をしないで精々奥の手にでもしておけ、と言われたのも覚えている。

僕に向いていないのはその通りだろうけれど、でも、この力は制御が不可能というワケではないのは知っている。

もっとも、その術を訊く事はもはや叶わない。自分にとって扱い辛い力だと思い、言われた通りに奥の手として仕舞い続けて来た力だったから。

「……まさか、食い下がってでも教えて貰うべきだったと、今になって後悔するハメになるとは」

──と、そんな事を考えつつ、アティを探す為に部屋から出ようとして扉を開けると、

「ハ、ハロルド様」

「……おはよう」

偶然にもはち合わせた。

「お体は大丈夫……なのですか？」

「うん」

「よ、良かったぁ……」

アティが胸を撫でおろして表情を緩めた。よく見ると手には薬を持っている。僕の為に取りに行ってくれたのだろう。

「……ところで、あれが、以前説明して下さった『奥の手』というヤツですか？」

「まぁそうだね」

「……初めて見ましたが、とても危険な力だということは分かります。もう二度と使わないで下さいと言ったハズです。ですから、私も気づいてすぐに必死に止めましたし」

「……分かった」

「……約束ちゃんと守ってください」

「……うん」

「……破ったら、めっ、ですよ？」

可愛らしい怒り方だ。そんな風に怒られるなら、また使ってもいいかも？

いやまぁ冗談だけど。

さすがにもう使いたくはない。色が認識出来なくなったこの左目みたいに、何かしらの後遺症が体のどこかに出る可能性があるのだ。

少しぐらい……なんて安易に考えて、後遺症を積み重ね続ければ、最後に待っているのは死のような気がするから。

「……どうしても使わなきゃ駄目な状況でも、他の方法がないかもっときちんと探すよ。僕だって死にたいワケではないからね。ところで、あの後どうなったか色々教えてくれない？」

奥の手に関しては話を一旦終わらせるとして。そもそも、これを使う原因となった今回の件がどうなったのか。僕はその事について訊いた。

「全て丸く収まりました。海底城は止まりましたし、死霊術師も消滅して……」

「そっか。なら良かった」

「それと……アンナネルラさんが、お礼を言いたいから、体調が元に戻ったらあの砂浜に来て欲しい、と言っていました」

4　人魚と猫からのお礼、そして西大陸

砂浜に向かうと、アンナネルラと――ショバンニが、そわそわした様子で僕らを待っていた。ショバンニがいるのは、きっとあの後、アンナネルラが色々と説明をしたのだろう。

「き、来たにゃ」

「来たわね」

二人は僕らに気づくと、ひそひそと会話をした後に、「ありがとう」と深く深くその頭を下げた。

「……別に僕はそこまでのことは」

「とんでもないにゃ！　助かったにゃ！　これでこの島の平和は守られたんだにゃ！」

「そうよ。私もショバンニを守ることが出来て、すごく嬉しいもの」

「に、にゃーん……」

凄い喜んでいるね。

まぁでも、喜ばれるのは悪い気はしない。

「……そういえば、あの変な力を使った後、ぶっ倒れていたけど、大丈夫だったの？」

「まぁなんとか。こうして普通に動けていますし」

「それなら良かったわ……」

目のことは……別に言う必要もないだろう。

めでたしめでたしで終わる話に水を差す気はない。

僕は軽く息を吐く。すると、ショバンニとアンナネルラの二人は、ごそごそと岩陰から何かを引っ張り出してきた。

女の子だった。眠ったままの女の子を引っ張って来たのだ。薄紫色の髪の、短い丈のワンピースを着た女の子。

うん？　え？　……どういうこと？　うん？

「……お礼を用意したんだにゃ」

ちょっと待って。

お礼はいいんだけど、あの、それは人間では……？

突然の事態に一瞬思考を停止しかける。しかし、よく見るとそれは人形だった。とても精巧で一見すると人間にしか見えない。いやでもこういうものを貰(もら)っても……。

なんともいえない顔の僕を見ているのか見ていないのか、アンナネルラが胸を張る。

「あの後に、お礼になりそうなものがないかと思って、海の中をずっと探していたら見つけたのよ。最初は私も大きな真珠とかにしようかなって思ったんだけど、ショバンニがそういうものより珍しいものの方が良いハズだって。で、これを見つけてきたわけ。大変だったわ探すの」

当然に受け取って貰えると思っていそうな二人を見ると、断るに断れない。そんな気持ちが強くなってくる。

「そ、そうなんだ。ありがとう」

え？　これ貰うんですか？　と言いたげなアティの視線を感じながらも、僕は苦笑いしながら頷いた。

※

島を離れる日。ショバンニとアンナネルラの二人が、最後のお別れの挨拶をしに来てくれた。ショバンニは船の入り口で、アンナネルラは出航した後に海の中から窓を叩いて。二人とも笑顔だった。

少しだけ名残惜しさを感じつつも、しばらく船が進み続けたところで……僕は、そういえば、と二人から貰った人形を見る。

「……どうしようかな」

「……どうしましょうか」

取りあえず椅子に座らせているけれど、これ本当にどうしようかな。

「……置き場所には困りますね」

「断るのも悪いと思ったから、つい受け取ってしまったけど……」

西大陸に着いたら売れるかなぁとか、そんなことを考えてみる。まぁ、作りは良さそうだし、買いたいという好事家も結構いそうな気はする。触れてみると分かるけれど、ほぼ人と同じような感触。

　まぁ処遇は西大陸に着いてから考えるとして。

　ところで、この人形はどうして海の中にあったんだろうか？　と、僕が顎に手を当てると――ふいに人形が瞼を上げた。

「「……え？」」

　アティと僕の声が重なる。

「……ここはどこでありましょうか」

　人形が動いて喋った……。

　喋る人形なんて初めて見る。

　アティも同様のようで、ぱちぱちと何度も瞬きを繰り返していた。

「えっと……」

「……あなた様方は？」

「僕はハロルドでこっちがアティだけど……」

　いや違う。自己紹介とかしてる場合じゃない。まず人形のことを聞き出さないと。

「それで君は？　海の中にいたそうなんだけど」

「……私は……うっ、思い出せません。海に落ちて、機能が停止した瞬間のことは覚えているのですが……それ以前のことも、それ以降のことも、なにも……」

　なんということか。記憶喪失っぽい。

「……申し訳ないのであります。ただ、あのままではいずれ朽ちていた事だけは分かるのであります。つきましては、助けて頂いたお礼としまして、ハロルド様とアティ様の身の回りのお世話をするのであります」

お礼で貰った人形が、これまたお礼をしたいと言い出す。なんと言えば良いのか……不思議な展開だ。

「……どうしよう？」

ともあれ、僕だけで判断はしきれない状況だ。連れていく連れていかないという話なのであれば、アティの意見も重要である。ちらりと視線を送る。すると、困ったように眉根を寄せている。

「えっと……その……ひとまず、連れていってもよろしいのでは？　さすがに記憶喪失の子を放っておくのはあまり気乗りがしません。それにあくまでお人形ですから、ハロルド様を取られるといった心配もなさそうです。そこだけ大丈夫なのであれば、私はあまり気にしません。ハロルド様の唯一無二の女性でいることが出来るのなら、それだけで……」

……。

………。

な、なるほど。人形だから、僕とどうにかなるわけではない。だから大丈夫だ、と。……嬉しいけど少し恥ずかしく感じる。で、言葉にしたアティはもっとそうだったようで、最初は澄まし顔だったのに、徐々にほんのりと頰(ほお)に赤みが差してくる。

これ以上の恥ずかしい事なんて、結構しているけれど、それとはまた違った感じだ。恥ずかしさにも種類や大小がある、といえば良いのかな。

アティは女の子で、僕は男の子。きっとそれは、何歳になっても何度体を重ねても変わることがないのだ。

「?」

と、そんな僕らの空気感を理解できずにいた人形が、小首を傾げる。正直いいところで反応をしてくれた。話題を変えるキッカケになる。僕とアティは二人してホッと表情を緩めた。

「……そういえば、君の名前をまだ教えて貰っていなかったね。自分の名前も忘れてしまった感じかな?」

「名前……名前も……申し訳ないのであります」

人形が視線を落とす。名前も覚えていないらしい。しかし、これだとなんと呼べば良いのかが分からない……。

しばらく唸っていると、アティが解決の糸口を見つけてくれた。人形の服に刺繍がしてあるのに気づいたのだ。

「服に刺繍がありますね。セルマ、と書いてあります。もしかすると、これが名前なのでは……?」

「刺繍なんてあったんだ。気づかなかった」

「……なんとなく、懐かしい響きな気がするのであります」

懐かしい気がする、か。仮に本当の名前ではなくても、ゆかりがある名であることに違いはなさ

そうだ。

ならば、遠慮なく使わせて貰おう。人形のことは、刺繍にある通りにセルマと呼ぶことにした。

「ぎぅ？」

「む？」

ベッドの下から、今のいままで寝ていたエキドナが這い出してくる。二人は初邂逅を迎えて、同時に固まる。仲良くなるかな？

「蛇ちゃんなのであります。旦那様と奥様の非常食でありますか？」

「「え？」」

旦那様と奥様という呼び方は……まぁ好きに呼んだらいいとは思う。だからそうではなくて、驚いたのはエキドナのことだ。別に非常食ではないよ？　アティも「えぇ……」といった感じで戸惑っている。

「ぎぅ!?　ぎぎぅ」

エキドナも抗議の声をあげる。すると、セルマが「ふむ」と口をへの字にした。

「なるほど」

「ぎぅぎぅ」

「これは失礼したのであります。よろしくお願いしますなのであります、先輩」

別にエキドナにそこまで丁寧にしなくても良いとは思うけど……まぁ何にしろ、仲良くなってくれそうだ。非常食って言った時は少し焦ったけど、なんとかなりそうだ。

※

さて。明日には西大陸に着く、というところまで来て。

この数日間セルマの挙動を見ていたけれど、意外と働き者だった。片付けやちょっとした裁縫仕事等を自分で見つけては、一瞬のうちに終わらせてしまうのだ。人形だから疲れを感じることもないそうで、淡々と進めていく。

動いている内に段々と思い出して来たこともあるらしく、「家事炊事は得意であります」と自信満々に述べても来た。

今は船旅だから、日々の生活は結構楽が出来ている。でも、西大陸に到着した後はそうはいかない。南下していく中で自活は絶対に求められる。アティも僕もそれなりにはこなせるけれど、疲れてしまってどうしても辛いと思う日もあるだろう。そんな時にセルマはとても重宝するであろうことは想像に難くない。

当初は処遇に迷っていたけれど、時間が経ってみて、実はとても役に立つ子だということが分かったといったところだ。ショバンニとアンナネルラのお礼は僕らにとっては、かなりの価値があったと言える。売れるかな、なんて思っていた記憶を消したくなってくる。

「ご飯であります、先輩」

「ぎぅ」

エキドナとの仲も良い感じだ。

理由は分かる。

セルマはもともとは物扱いで船に乗せた経緯があって、船の人たちも動くことを知らず、だから僕も外には出さないようにしている。絶対に料金云々(うんぬん)の話になってしまうし……。

で、エキドナも驚かれると嫌なので、部屋の外にはなるべく出さないようにしている。

つまりそんな二人は一緒にいる時間が長く、お互いに接する機会が多かったから、それなりに関係を築けているのだ。

※

置物の人形扱いのセルマを担ぎながら、船から降りて港町へと足を運ぶ。どういう構造になっているのかは分からないけれど、意外と重いんだよね。

まぁでも仕方がない。

ともあれ、長い船旅もここで一旦終了である。

「……もう大丈夫でありますか？」

船が見えなくなったところで、セルマがぱちりと目を開いた。ここまでくればもう見られることもないだろう。僕はゆっくりとセルマを降ろす。

「そうだね。ここまでくれば、あとは大丈夫だと思う」

「感謝なのであります」

久しぶりの陸地に、変な感覚を覚えながらも、大きく伸びをする。すると、隣にいたアティが何かに気づいた。

「ハロルド様」

「うん？」

「あそこにいるのは……ヴァレンさんとセシルさんでは」

アティの視線の先は少し遠く。そこにある馬車だ。今まさに乗り込もうとしているヴァレンとセシルを見つけたようである。

「挨拶されていきますか？」

「いや、もう別れの挨拶は済ませているし、話しかける必要もないよ。また会うことがあれば、その時は声かけるけどね」

ショバンニとアンナネルラがいたあの島で、二人にはもう別れの挨拶を済ませている。改まって声をかける必要もない。西大陸に着いて以降も共にいるわけではないのだから、これでいい。これぐらいの距離感が適正でもあるだろう。

と、その時。

ヴァレンがこちらを見た気がした。少しだけ、表情を緩めているように見える。一方でセシルは面白くなさそうな顔で、馬車に飛び乗っているところだった。

「さぁ僕らは僕らで向かう先がある。南を目指そう」

「はい」

「了解なのであります」

「ぎぅ」

ところで、こうして西大陸に着いたのだから、アティの帽子はもう取っても良いと思うんだ。

それを提案してみたところ、「確かにもう帽子で耳を隠す必要はありません」とアティも言ってくれて、だからこの先からは帽子を被(かぶ)らずに行くことになった。

「もう必要が無いから、売るか捨てるかしても良いかもね」

「いえ……。これは大事に取っておきます」

デザインとか気に入っているのかな？

アティは帽子を大事そうに鞄(かばん)にしまった。

5　迷宮合衆国

西大陸を移動していく中で、一際顕著であったのは、亜人の比率だった。

全体の三割程度はいると思う。

北東大陸とは違い、亜人をよく見ると聞いてはいたから驚きは少ない。けれど、亜人が普通に日常生活に溶け込んでいる姿は、僕にとっては見慣れないものなのだ。別の大陸に来たのだな、という実感がある。

それから、西大陸に詳しいアティに道案内を任せて南下すること、およそ二ヶ月。小さな町や国々を通り、そろそろ大陸でも一番に大きい国が近づいている、という話になった。


――迷宮合衆国。

そこは、数百を数える幾多の迷宮がある西大陸中央部の、東西の端から端までを横断した広大な地域を支配下に置いている国。

いや、正確には〝相互互助〟を共通方針として掲げた〝国の集まり〟らしい。

連合国のように互いの自治に強い干渉をすることはせず、さりとて同盟国というほどに利益に重きを置いた付き合いでもない。

あくまで〝相互互助〟を目的として設立された経緯があり、既存の体制に当てはまらない新しい方針を持って生まれた国家集団であるのだ。

合衆国という新しい呼称を使ったのは、自分たちが創り上げたものが、未知の体制であったからこそだという。

例えば、加盟国はそれぞれ強い自治権を有している事実上の独立国状態ではあるが、合衆国内では国境での検問が廃止されている。

ある地域で問題が起きれば、迅速に他地域が助けに向かえるように、だ。

幾百の迷宮を抱える地域ながらも、各国がその全てを完璧に管理出来ているのは、まさにその恩恵といえた。

そして、検問と共に関税も撤廃されることになり、これが活発な経済活動の引き金になった。

完璧に管理された迷宮。活況な経済。互助の精神。これらの新しい試みによって、人々の関心を強く惹きつけた迷宮合衆国は、望む望まないに関わらず、巨大な国力を獲得することとなる。

今や、名実ともに西大陸では最大規模の国家、との呼び声も高い。

相互互助の理念も拡大され、合衆国外の国に対しても要請があれば手助けを行うほどの大国と化していた。

あと数百年の内に、恐らくは西大陸全土が迷宮合衆国となるであろう、とまで言われている。

「懐かしいですね……」

説明を終えた後に、アティはそう呟く。街道脇にある空き小屋で暖を取っている時の事だ。

「懐かしい？」

「はい。私が以前拠点にしていた場所です」

奴隷になる前に西大陸にいた、という話は既に聞いていた。

でも、まさかその場所を通ることになるとは……。

「色々思うところがあるとは思うんだけれど……大丈夫？」

自身が売られた記憶のある地域を通るというのは、気持ち的に良いものではないだろうから、少しだけ心配にもなる。

しかし、アティは苦笑して肩を竦めるに留まった。

「もう過ぎたことですので。それに、南下する為には必ず通らなければいけない場所です。……もともと、南大陸に行きたいというのは私の我侭。それなのに、通らなければいけない場所を、『通りたくない、嫌だ』と言うのもおかしな話かと」

強がっているわけでも、僕に気を使っているわけでもない、とても自然体な受け答えだった。

迷宮合衆国は元々いた場所でしかなく、それ以上でもそれ以下でもない、というのが本心なのだと伝わってくる。

ただ、それでも、思い出したくない過去であることに変わりはないハズだ。

自分自身の中で折り合いはつけていたとしても、それはそれでこれはこれ。もしかすると、アティ自身も気がついていないだけで、色々としこりのようなものを残している可能性もある。

「……そっか」

僕はアティの体を抱き寄せると、よしよしと頭を撫でる。アティは何を言うでもなく、ゆっくりと目を瞑ると安心しきった顔で「……ん」とだけ声を漏らした。

※

迷宮合衆国の国境検問所を越える。ここさえ抜ければ、あとは合衆国内の地域はどこでも好きな所へ行ける。

国境を越える人を立ち止まらせると、その顔を憲兵がきちんと確認している。手に紙を持っているので、手配書が回った人でもいるのだろうか？

「……よし。通って良いぞ」

「……何かあったのですか？」

「ちょっとな……うん？　お前喋り方が少し変わってるな。他の大陸から来たのか？　北東大陸あたりの訛りに聞こえるが」

まさか訛りで出身がバレるとは。

そんなに訛っているわけではないと思うんだけども……まぁ分かる人には分かってしまうのだろう。

「その顔、当たりか。北東大陸から来たなら丁度いい。少し聞きたいことがある。向こうで迷宮執を見かけたとか、そういう噂話を聞いたりしなかったか？」

「迷宮執……？」

誰だろう？

僕は首を傾げる。

すると、こそこそとアティが耳打ちをしてくる。

「迷宮執は西大陸で知らぬ者がいないほどの人物です。迷宮探索のエキスパート。歴史上唯一の迷宮単独踏破を成し遂げた生ける伝説です。……世界で一番強いのは誰か、という話題の時には必ず名前が挙がる人です。ただ、単独で迷宮に潜る為か顔が割れておらず、戦い方も知られてはいない謎多き人物でもありますが……」

そんな人がいるんだ。

単独踏破ということは、一人でどうにかした、っていうことだよね？　下層とか深層とかもなんとかして……。一番強いのは誰か、という話には必ず名前が挙がるそうだけれど、この経歴が本当なら「まぁ挙がるよね」という感じ。

にしても、素顔が割れていない謎多き人物、か。もしかしたらどこかで会っていたり、あるいは僕が知っている人物の中にいたりするのかも知れないけど……。

駄目だ。該当しそうな人物は記憶にない。

僕は首を横に振る。憲兵は「そうか」と肩を竦めて、門を通るように勧めてきた。僕らは会釈をして迷宮合衆国の国土に踏み入った。

「……ところで、今しがたの憲兵の問いが少し気になります。一体なぜ迷宮執(めいきゅうしつ)を探しているのでしょうか」

「何かやらかした、とか？」

「破天荒な人物としては知られていますが、悪事を働くような性格だという話は聞きません」

「うーん……」

理由を考えてみる。けれど、答えは出てこない。唯一分かっていることは、

「まぁでも、憲兵もそんなに思いつめたり焦っていた感じではないから、悪い方面で手配が回ったとか、そういうわけではないんだと思うけど」

「……それもそうかも知れません」

※

合衆国入りはしたものの、街道はまだまだ続いていて、途中で幾つかの分かれ道とも遭遇した。

これをどう進んでいくかで、通過する迷宮合衆国の地域が決まってくる。

僕らは、西大陸を経由して南大陸へと向かっている。

南大陸に向かう場合において、どの地域を通るのが一番良いだろうか？

ここは僕の独断ではなく、素直にアティに訊(き)く方が良さそうだと思い、判断を仰いだ。すると、

「中央首都を有する地域が一番かと思います」

交通の手立てや情報が一番に集まる場所ですから——と、アティは迷うことなく断言する。

なるほど。

それなら、ひとまずは中央首都を目指すことにしよう。

※

中央に迫るにつれて、街道を行き交う人々の数が増えていくのが分かる。

ここはまだ街道だというのに、まるで街中にいるような錯覚を覚えるほどだ。

周囲を見回すと、ずらりと建物が並び、宿場街のような雰囲気が濃くなっている。恐らく、通行人の多さを当て込んで、こうした様相が作られていったのだろう。

この景色は、中央首都に辿り着くまでの間、ずうっと続いていた。

それから数日を要して、ようやく中央首都まで辿り着いた……のは良いのだが、想像以上に人口密度が濃すぎる光景に、僕は驚きを隠せなかった。

ほんの数秒の間ぼうっとしていたら、いとも簡単に迷子になってしまいそうな人の波だ。

本物の都会とは何かを初めて見た気がする。

「はぐれないようにしないとね……」

「はい……」

アティがぎゅっと僕の手を握ってくる。

確かにこれならはぐれない。

もっとも、アティは〝しるし〟を使えるから、手を握らなくても僕とはぐれることはないんだけれども……まぁ、これはそういう意味だけでやってるわけでもないと思う。

それぐらいは僕にも分かる。

こういう小さなところからも、親愛の情を示してくれている、ということだ。なんだか温かい気持ちになるよね。

ところで……セルマとエキドナの姿が先ほどから見えないのだけど。

「だ、旦那様！　奥様！　どこにおられるのですか！」

「ぎぅ！」

まさか、早速迷子になりかけているとは。

※

街の中に入ってから、まず最初に、それなりに安い宿を探すことにした。

活気がありすぎるぐらいある街だからか、手間も時間も掛からずに、宿はとても簡単に見つかった。

宿泊の手続きをしていると、先払いだと言われたので、三日分の料金を払う。

そして、支払いを終えて。

僕の額を冷や汗が伝った。

財布の中身が少なくなっていることに気づいたのである。見た目にはまだありそうには思えるんだけれど、よくよく数えると、たぶん南大陸に着くまで持たない感じである。

「……」

「ハロルド様……？」

「旦那様……？」

「……」

西大陸から南大陸に渡るには、二通りの方法があるそうだ。

一つ目は船を使う方法。

二つ目は、南西の端にある大橋を渡る方法。

どちらの方法を取っても、恐らく路銀が途中で足りなくなりそう。

船を使う場合は当然船賃が掛かる。

多分足りない。

大橋を渡る場合、旅の日数が増える。生活費がその分掛かる。

恐らく足りない。

予算、ギリギリなんとかなるのではないかと思っていたけれど、これは無理だ。

原因はなんだろうか。

「ハロルド様？」

「旦那様ー」

「うん？　あぁごめん。ちょっと考えごとしてた。それより部屋に入ろう」

少しぼうっとしていた。そのことを反省しつつ、二部屋取っていたので、セルマを別の部屋に向かわせつつ、僕はアティと一緒の部屋に入る。

部屋を分けているのは、宿に泊まる時はアティといちゃつける絶好の機会だから——そこではたと気づいた。

部屋を分けているのが原因だ、と。

今回に限らず、西大陸に着いて以降、僕は宿に泊まる時は必ず分けて部屋を取っていた。

しかし、二部屋取るということは、料金も当然に増える。

こんなことをしていたのでは、財布の中身も当然に減ろうというものだ。

まさか僕が原因だとは……。

まぁともあれ、どうにかして路銀を増やさないといけなくなってしまった。

ここそこお金稼ぎも難しいし、正直にアティには言った方がいいかな。

「……」

「あの……ハロルド様？　さきほどから様子が——」

「——大事な話があるんだ」

努めて冷静な表情で、僕は資金事情を語ることにした。

路銀が減った原因には触れないようにしつつね。

「……というわけなんだけれど」

説明を終えると、アティは神妙な面持ちで顎に手を当てた。

「なるほど……」

金銭事情を伝えたことに後悔はない。あとで発覚するよりはずっとマシだ。

「取りあえず一旦お金をどこかで稼ごうかと思うんだけど……」

「それでしたら、迷宮が一番手っ取り早いかと。なにせここは迷宮合衆国ですから。私が色々と勝手を知っている、というのもありますが、この地を逃せば後の地域は結構大変かと思います。稼げない、ということはありませんが、迷宮も選ぶことが出来なくなりますし、それ以外の方法を取るにしても取れる手が限られて来てしまいます。ここで、余裕を持てるぐらいにお金を貯めるのが一番良いかと」

確かに、ここは迷宮合衆国。色々な迷宮がある国だ。それに、かつてここを拠点にしていた、というアティもいる。

「迷宮であれば私もかなりの貢献が出来ますし」

「……ありがとう」

素直に感謝を述べる。

これで、なんとか解決の目途が立った。

早速今からでも迷宮に——と行きたいところだけど、窓の外を見ると綺麗な夕焼け空が見えた。そろそろ夜も近づいているし、旅の疲れもある。どの迷宮に入るかの相談も含めて、明日以降に動いて行こう、ということになった。

※

翌日になって。

セルマに淹れて貰ったお茶を飲みながら、どの迷宮が良いのか話をしていると、〝大森林迷宮〟なる場所が良いとアティが言った。

常に霧がかかったような空気を纏い、森そのものが迷宮と化している、少し特殊なところだという。

「大森林迷宮……。ここが良い理由って？」

「入宮料が掛からない、というのもありますが、それ以上にここで手に入る魔物の素材や宝箱はそこそこの値になるものが多いからです。出てくる魔物が大して強くもないのに、です」

「……そんなところがあるんだ。でも、それだと人気があるんじゃない？」

「いえ、ここは人気がありません。この迷宮は特殊ですから」

「……どういうこと？」

「この迷宮は通常の迷宮と違って、下に降りることで先に進む構造ではありません。あくまで森そのものが迷宮なだけですから。そして、奥へ行けば行くほど霧が濃くなるのですが、探索者はそれに気づくこともなく、そのうちに元の道を見失い遭難することになります。……ここは、魔術を扱える人がいなければ、探索すら出来ない迷宮です。それも、魔術を使える人の中でも、現在地や仲間の居場所等を正確に把握できる術を使える、という非常に限定的な人材を求められます。……普通の探索者たちは、そもそも入ることすら忌避しがちですね」

なるほど。そういうことか。

アティは〝しるし〟が使えるし、それ以外にも、恐らく大森林迷宮で役に立つような魔術を知っているのだろう。

「……この迷宮では一攫千金は無理なんですが、しかし、それが目的ではありませんから。あくまで旅費の獲得が目当てですし」

「うん。それじゃあここにしようか」

「はい。……あと、そうですね。大森林迷宮には〝占者〟が出る、という噂があります。会えたら幸運かも知れません」

「〝占者〟？」

「助言をくれる謎の存在です。以前に出会ったことのある人が、『こうしたらお前はもっと強くなる』という助言を貰い、その通りにしてみたら本当に強くなれた、という逸話があったりしまして、そのお陰か、伸び悩んでいる人が占者を探しに大森林迷宮に入ることも稀にあったりします。大森林迷宮で役に立つ魔術を使える人を、それなりの金額で雇ってでも、です。ここにしか出ないとも言われていますので、そのせいもあるのでしょうけれど。……もっとも、そこまでしても会えるかどうかは本当に運ですので、大体は徒労で終わるようですが」

助言をくれる、か。

少し気になるけれど、会えるかどうかも不確かだし、そもそもそれが僕らの目的ではない。出会えたらラッキーぐらいに思っておけばいいかな。

「なるほどね。そういうのにも出会えるかも、と。……ところで、いつ頃から迷宮に入れそう？」

「私はもう今日からでも」

「それじゃあ、軽く準備をして早速一回入ってみよう」

「そうですね。……初日は雰囲気を掴むぐらいが丁度いいかと思いますので、あまり粘らず、早めに切り上げましょう」

話がトントンと進む。すると、今まで何も喋らず、横でじぃっと僕らを眺めていたセルマが、

「私もご一緒に……」

と、言い出した。

本気なのだろうか……？

家事炊事が出来るのは分かっているけれど、その他に戦いも出来るというのだろうか。

まぁその、仮に可能なのであれば、戦力が増えるということになるので、助かることは助かる。

でも、初日は雰囲気を掴みに行くだけなのだ。

総出で迷宮に入る必要はないし、セルマが戦えるかどうかの確認は、その必要が生じてからでも別に遅くはない。

「いや、今日は待ってて貰えると助かるかな」

「了解であります」

「……何か欲しいものとかある？」

「旦那様……？」

「……ただ待っていて貰うのも悪いし、それに、いつも世話になっているからね。……言って貰えれば、迷宮に入る前に何か買ってくるけれど」

出費は抑えたいところだけれど、これは、僕なりのセルマの普段の働きぶりへのご褒美でもあるからあまりケチケチしたくはない。

いつもエキドナの面倒を見て貰っているし、家事炊事でも随分と楽をさせて貰っている。

お金を得る手段がまるで無い状態なら無理だけれど、今は迷宮で稼げそうなワケだし、だから少しぐらいの出費なら構わないのだ。

「……おねだりしてもよろしいのであれば、あみ棒と毛糸が欲しいであります」

「それで良いの？」

「……街中であみぐるみが売られているのを見たのであります。あみぐるみを作りたいのであります。作れるのであります」

意外な特技が判明した。

いや、家事が得意なのだから、編み物が得意でも何もおかしくはないけれど。

「可愛らしい趣味ですね」

と言ってアティが笑むと、セルマはそおっと頭を下げた。

取りあえず、この後すぐにあみ棒と毛糸を買ってセルマに渡した。

6　大森林迷宮

準備を終えて迷宮に入ると、すぐさま霧がお出迎えである。

外側から森を見ると、晴れて透き通った空気に満ちた森に見えるのに、内側に入ると急に霧が現れる。

迷宮だからと言えばそれまでだけれど、不思議な現象だ。

「しるしがありますので、ハロルド様を見つけるのは容易ですが、それでもなるべく離れないようにお願いします」

「分かった」

ひとまず、アティの姿を見失わないように、すぐ後ろをついていく。

男としては先頭を歩きたいところだけど、そんな見栄(みえ)を張っても何の得にもならない。

素直にアティに頼ろうと思う。

しばらく歩くと、アティは立ち止まり、

「前方……距離三百メートル。魔物がいますね。二体」

相変わらず凄(すご)い視力だ。

仮にこの霧が無かったとしても、その距離は僕には見えない。

「あれは……暴れ花の類ですね。ひとまずどっちも倒します」

たん、と小さな発砲音が一つ。

当たったかどうかは僕の目では当然確認は出来ない。

まぁでも、

「倒しました」

うん、そう言うと思った。

「暴れ花からは果実が取れます。確認しに行きましょう」

歩き出したアティの後ろを追いかける。すると、アティの言った通りに三百メートルぐらい進んだ所で、人間大の青い花が二つピクピク動いて倒れていた。花の中央部に、楕円(だえん)形の果実がぽこっと生えている。

これが暴れ花らしい。

見た目はただの大きな花にしか見えないけれど、不用意に近づくと、頭からぱっくり食われてしまうこともあるから気をつけて下さい、とのことである。

しかし、食われてしまうということは、どこかに口が……あっ見つけた。茎の部分が口になっているようだ。

牙が見える……。

「この果実は一つ1500ドゥくらいです。……以前の相場のままであれば、ですが。すみません。入る前に現在の買い取り価格を確認するべきでした。ですが、ちらっと店先に並んでいるものは見かけておりまして、その価格が前と似たようなものでしたので、今も同じぐらいかとは思います」

「……アティはこの迷宮に手馴れている感じがあるよね。もしかして、前に迷宮合衆国にいた時にここによく来ていたりした？　自分がいるなら、っていうニュアンスでこの迷宮を勧めてくれもしたし」

「……一人だった時はよくここに来ていました。パーティーに入ってからは、もっと稼ぎが良いところが沢山ありましたし、他のメンバーの行きたい迷宮とかもあったりで、あまり来なくなりましたが」

「……色々と思い出が深そうな場所なんだね。もしかして、占者とかいうのと出会った事もあるの？」

「残念ながらそれはありませんでしたね」

眉を八の字にして、アティは軽く息を吐く。

「一人の時は心細かったですから、もしも会えたら、どうやったら仲間を作れるかの助言を貰えたりしないかなと、そうしたことを考えていた時もありましたけれど」

「なるほど……」

「しかし、その後に仲間も結局なんとかなりましたし、今になれば、会いたいと思う必要もなかったかなとも思います」

後に振り返ってみて、あの時の自分はどうしてそんなことを考えていたのかとか、あんな風に動いてしまったのかとか、そういう風に思うことは往々にして存在する。

僕にも覚えはある。

例えば、アティと初めて致した時、事が起きた直後には「酷(ひど)いことをしてしまった」と自己嫌悪に陥ったけれど、蓋を開けてみれば、そんなことを思わなくても大丈夫な感じだった。

なぜ、あんなに思いつめてしまったのか、今になると不思議でならない。

そういうものだ。

「……少し霧が濃くなり始めました。足元にお気をつけ下さい」

しばらく進むと、明確に視界が狭まって来ているのが分かった。

普通ならば、方向感覚に多大な影響が出てもおかしくは無さそうで、アティの確かな足取りが不思議でならない。

「目が良いのは分かるけれど、それにしても、アティはよくこの霧の中で迷わずに進めるよね」

「……実は、こういう魔術を使っています」

アティが自らの足元を指す。そこには、矢印の形になっているつるがあった。

「これは……」

「〝導〟です。術者の進みたい方角を示します。……大森林迷宮の入り口が東なので、その反対の西を向くように調整しています」

「なるほど……」

「……他にも併用している魔術があります。後ろを見て下さい」

僕らの後ろに、パタパタ飛んでいる半透明の小鳥がいた。白い霧のせいで、半透明であることが却って強調されていて、輪郭がハッキリと見える。

「この小鳥に、私たちが辿って来た道を全て記憶させています。導が万が一にも使えなくなった場合に、役立ちます。……他にも、現在地を把握する魔術も使えます」

アティが人差し指を振ると、木の枝で絵を描くように、勝手に地面がガリガリと削れていく。そして、二つの地図が描き出された。一つは大森林迷宮の全体像を映し、僕らがいるところに丸がついているもの。もう一つは、その丸の部分を拡大して詳細に描いているものだ。

「不格好ですが精度は良いですよ？」

「ははぁ……凄い」

「凄いわけでは……。確かに便利ですが、今回使った魔術には色々と制限があります。まず、つるを使った導ですが、これはつるが群生しているところでないと使えません。つるに方角を聞き、教えて貰う魔術だからです。現在地の把握の魔術や、小鳥の魔術も状況や環境次第で全く役に立たないケースもあります」

魔術にも色々とあるようだ。

門外漢の僕に詳細は分からないけれど、ひとまず、なんでも出来るわけではないと覚えておけば間違いは無いのかも。

ともあれ、こんな感じで僕らは進んで行き、キリの良いところで帰ることにした。

※

「もうまもなくで入り口に戻ります」

と、アティが言った時である。

がさごそと変な音が草むらからした。

僕は当然の事として、警戒心を常に持っているハズのアティも、寝耳に水のように驚いて身構える。

草むらから現れたのは、目の下にクマがある、長身の女性だった。

腰に鞭や短剣を吊るしていて、見た感じ探索者のようだけれど……。

「……人がいた。よかった助かった。あのー、私ちょっと道に迷っちゃって……もしも出口が分かるなら教えて貰いたいなーなんて。いやその、私もこの迷宮は知らないワケじゃなくて、帰り道を教えてくれる道具も持っているんだけど、どうやらそれ家に忘れて来ちゃったようで」

えへへと苦笑いしながら、女性はこちらに近づいて来て——なぜかアティとお互い顔を見合わせた。そして数秒の間を置いてから、

「ア、アティ？　……なんでこんなところに」

「マリー……」

お知り合いか何か？

「……」

「……」

なんだろう——この妙な空気。あまりよろしくない気がする。

しばし沈黙が続いて。

なぜか女性——マリーが頭を下げた。

「ごめんなさい。あなたにはずっと謝りたいと思っていたの」

「いえ。もう私も気にしておりませんから」

「……優しいのね」

だから一体どういう仲なのか。

よく分からない状況に僕が戸惑っていると、アティがぽつりと言った。

「リーダー……」

その言葉で僕はハッとする。

この女性——マリーは、以前にアティを売り飛ばした、西大陸にいた頃(ころ)のパーティーのリーダーその人らしい。

マリーは、僕がいることに気づくと、挨拶のつもりなのかニコッと笑って手を振った。

※

　アティがマリーを出口まで連れていくと言ったので、迷宮の外まで彼女を送ったあと、僕らも宿まで戻った。

「……その、なんというか、偶然の再会だったようだけど」

「……気を使われなくても大丈夫ですよ？　以前にもお伝えした通り、私は今更どうこう思っていたりはしていません。ですから、出口も教えたのですし」

「そっか。大丈夫ならいいんだけど」

「……心配して頂けるのは嬉しいのですが、私が大丈夫と言っているのに、変に重い空気を出されるのは少し嫌です」

　ぷぅ、と頬を膨らませるアティ。

　周りに気を使われると嫌な気持ちになるのは、分からないでもない。

　だから、僕もなるべくいつも通りに振る舞うように心がけた。すると、アティの表情も次第に元に戻って行った。

　しかし……それにしても、アティを売り飛ばしたマリーとかいう人。僕が思っていた印象とだいぶ違う人だった。

　なんと言えば良いのか、もっと悪役然としている人だと思っていたのだ。

男に貢ぐ為に、薬を飲ませて眠らせてアティを売り飛ばすような真似をした人なワケで。あんな普通っぽい人だとは予想もしていなかったし、謝ったりするような人だとも思っていなかった。

「……男性が絡まなければ、性格は良い方ではあるのかなと」

アティ曰く、そういう事らしい。

※

数週間が経過した。

あれ以降にマリーと再び会うようなことはなく、僕らは自分たちの目標を達成すべく、大森林迷宮の探索を繰り返す日々を過ごしていた。

収益はそれなりに出て、財布の中身も増え始めている。

そう遠くないうちに、再び南大陸へ向けて出立が出来るようになるだろう。

そして、先行きが段々と見え始めて来た今日この頃になって……僕はふと、セルマとエキドナの様子をしばらく確認していなかったことに気づく。

出る時と帰って来た時にノックをして扉ごしに挨拶をするぐらいで、そういえばろくに顔も見ていないのだ。お腹を空かせると駄目だと思って、袋に入れたエキドナの食事をドアノブに掛けてはいて、それがきちんと無くなっているから、元気でいるとは思うものの……。

迷宮探索にかまけて、あまり気にしていなかったけれど、この状態は何かおかしいような気がする。

普通は顔を出すぐらいはするよね？

今日の探索を終え、それからセルマとエキドナがいる部屋の前に来てノックをする。今日は言葉を掛けずにセルマが出てくるまで待つことにした。

アティにも自分の違和感を伝えているので、一緒に待ってくれている。

「……」

中々出てこない。

「……最近顔を見てないから、見せて欲しいんだけど」

ようやく反応があったのは、数分後に僕がそう告げた後だった。

こそっとドアが僅(わず)かに開き、そこからセルマが顔だけを出してくる。

うん？　なんだろう。まるで、部屋の中を見せたくないとか、そういう感じの挙動だ。

「……お帰りなさいませであります」

「うん。……ところで、部屋の中をしばらく見ていないんだけど、ちょっと見てもいい？」

「い、いえそのような必要は……」

「何か変なことしていたりしないよね？　もしくは何か隠している、とか」

「そ、そのようなことは……とんでもないのであります」

普通に見せれば良いだけだろうに、なぜ抵抗するのだろうか。怪しい。

「ええっと……本日の成果はいかほどでありましたでしょうか？　良い結果であることを祈っては

いたのでありますが」

「……まぁ普通かな」

「な、なるほどであります。奥様はどうでしたでありますか？」

「……特別なことは何も」

「なるほどなるほど……それは大変お疲れでありましょう。本日はお早めに休まれた方が良いのではないかと提案するのであります」

「いや別に疲れては……」

「セルマ、何か隠しているのではないですか？」

アティもセルマの違和感に気づいたようだ。

正直……なにか嫌な予感がする。

ということで、僕は強引に扉を開けようとした。のだが、——ぐぐ、といくら引いてもビクともしない。

どうやら、セルマがドアをガッチリ押さえている様子。

どうでもいいけど凄く力が強い。

少なくとも僕よりは上である。

「な、なにをするでありますか」

「いや何か気になるなって……」

「そうですね。中を見せてください、セルマ」

膠着状態が続く。と、その時。扉の隙間からすすすーっとエキドナが出て来た。

「あっ先輩」

セルマが驚いて力を弱めた。僕はこの隙を逃さず、ドアノブから手を放した。すると、どてんとセルマが転げる。

「い、いたたた……」

扉がきぃと開く。中を見て僕は言葉を失った。あみぐるみだらけだったのだ。どう視線を動かしても必ず何体も目に入ってくる。

道具を与えはしたけれど、いや、でもこんなに作る？

この光景を見て、アティも僕と同じに驚いている。

「見ないで欲しいのであります」

「……これどうするつもりだったの？」

「気づいたらこんなことになっていたのであります。熱中していた、と思って頂ければ」

「僕らはここに住んでいるワケじゃないんだから、いつかはこの宿からも出ていくんだよ？ その時どうするのこれ」

「……そういえば、初日に旦那様から頂いた毛糸は全て使い切ったのであります」

「……」

「……」

「……この子たちも連れて」

「……」

これをこのままには出来ない。

なるべく早めにどうにかしないと……。

※

翌日の昼。

僕らは、出店が並ぶ大通りの一番端のところで、布を地面に広げていた。

ここであみぐるみを売るのだ。

よく見ると出来は大変よろしいので、捨てるのは勿体(もったい)ないと判断した。欲しい人に譲るのも手だろうと思う。

全員総出でお店を開く。人前には出せないエキドナにも、鞄(かばん)の中で無言の応援を頑張って貰っている。

「な、なんだ兄ちゃんたち」

隣で出店を出しているおじさんが話しかけて来た。

初対面ではあるけれど、それを差し引いても少し心の距離が離れているような気がするのは、僕らがいきなり現れて、なぜかあみぐるみを売り始める謎の連中であるからだろう。

僕が同じ立場でもちょっと距離を取ると思う。

出店のほとんどが飲食系だから、僕らは凄い違和感があるし。

「まぁその、ちょっと商売やろうかと思いまして」

「そ、そうか？　まぁ邪魔だけはしないでくれよ？」

「それはもう」

大人しく隅っこで売るつもりですよ。

とはいえ、これ売れるのかな？

出来は本当に良いんだけれど、こういうの欲しがる人って、どの程度存在しているんだろうね。

取りあえず値段は200ドゥくらいでいいかな。安い気もするけど、売れ残っても嫌だから。

半信半疑で始まった商売。だけど……いざ売り出してみると、これが思いの外盛況だった。買うのは主に女性というか女の子。十代前半くらいの子がわーっと集まってきて、飛ぶような勢いで減っていく。

「わーこれ可愛い」

「欲しい欲しい」

「安くなーい？　普通の店で買ったら800ドゥぐらいするよ」

売れてくれるのは嬉しい。でも、どうしてここまで人気になっているのだろうか。ちょっと僕にはよく分からない。

ともあれ、気がつくと三十分足らずで全てがなくなってしまった。

「……売れました、ね」

アティが驚いて感心する。僕も同じ気持ちだ。

「三十体はあったんだけどね」

まぁともあれ、全て捌けてくれたのだから、満足な結果である。

「す、すげぇな。えぇ……？」

ちらちらこちらの様子を窺っていた隣の出店のおじさんが声を上げる。

邪魔をしないでくれよ、と最初に言ってきた人だ。

まさかこんな風になるとは思ってもいなかったのだろう。

うん僕もだよ。

取りあえず軽く挨拶をしつつ、店じまいを開始。布を畳むだけの簡単なお仕事なので、一瞬で終わる。

いつまでも居ても邪魔でしかないからね。

「……残り一体になってしまったのであります」

帰りの道中にセルマが呟いた。

さすがに全て売るのは悪いと思うぐらいの良心は僕にもあるので、一体だけは残しておいた。僕は鬼畜ではないのだ。

ついでに、今日売れた分のお金はセルマに手渡しておく。

「はい」

「これは……」

「セルマが作ったあみぐるみで得たお金だからね。好きに使うといいよ」

ただ売られて終わりでは、セルマも気分が良くはないだろうから、出た利益くらいは渡してもいいと思っている。

「よ、よろしいのでありますか？」

「うん」

「……これでいっぱい材料を買えるのであります。あみぐるみをまた量産出来るのであります」

「いっぱい作ったらまた売るからね」

「えっ……？」

今回あみぐるみを売った理由は、あんなに大量のあみぐるみを持ったまま旅は出来ないからだ。

それをきちんと伝えてはいるのだけど……。

うーん……。

この反応を見る限り、自由にさせておくと、また秘密裡に大量に作りそうな嫌な予感がする。

目の届く範囲に置いていた方が良いかも知れない。

迷宮探索にセルマも連れていこうかな……？

戦えるかどうか不安な面はある。

でも、大丈夫な気もする。

ドアノブがビクともしなかった事からも、僕より力が強いのはまず間違いないし。

それに確か以前「ご一緒に……」とか言っていた気もする。

取りあえず一回連れていってみよう。

※

霧が周囲を覆っている。ここは大森林迷宮だ。何度も来たので、僕もだいぶ慣れてきた感がある。

なので、僕が今まさに変な表情になっているのは、別の理由によるものだ。

具体的には、てぽてぽ、と歩いているこのあみぐるみである。セルマを迷宮に連れ出してみたところ、あみぐるみを動かし始めたのだ。

一体全体どういう仕組みなのだろうか。

「これは凄いですね……」

謎の現象にアティも感心しきっている。

「なにこれ……」

「あみぐるみであります」

「そういうことじゃなくて」

「?」

「どうやって動かしてるのかな、と」

「……そういうことでありますか。糸を使っているであります」

セルマが全ての指を同時に器用に動かすと、それに合わせてあみぐるみが踊り始めた。よく見ると、あみぐるみとセルマの間に、白く透明な糸が見える。本当に糸で動かしているようだ。

「色々出来るであります」

ピン、と糸が一本張ると、あみぐるみが、足場もないようなツルツルした大木を垂直に登り始めた。

毛糸の繊維が細かく上手(うま)く引っかかるというのと、あみぐるみそのものが軽いからこそ出来ることであります、とセルマは言う。

「ちなみに、あみぐるみが無くても、こういうことが出来るであります」

セルマは、糸をぐるぐると木に幾重にも巻き付けると、思い切り引っ張った。ズズズ、と重苦しい音がして、木が根っこから抜け始める。

なんという馬鹿力。

そりゃ僕がドアをいくら引いてもビクともしないワケだよ。

※

——バシバシバシバシ。

あみぐるみが魔物を殴り倒している音である。

なんというか、中々にシュールな絵だ。

メルヘンな世界に来てしまった感じがしてくる。

「もう何体かいれば、包囲殲滅(せんめつ)も出来るのであります」

「もしかして、いっぱいあみぐるみ作ってたのって、そうやって使う為(ため)だったり……？」

「なのであります。まぁ……五体もいれば十分なので、それ以上は全て趣味でありますが」

それ、もう少し早めに言って欲しかったな。

そうしたら一体ではなくて五体残したのに……。

まぁともあれ、こんな感じに意外と役に立つセルマの加入があったお陰で、大森林迷宮探索はいつも以上の成果となりそうな気配がしていた。

僕らが迷宮合衆国で一日を過ごすのに必要な金額は、大体2万ドゥぐらい。いつもなら、その分や経費を引いて、3万ドゥぐらいの黒字になっているのだけど……今回は更に2～3万ドゥぐらい上乗せ出来そうな勢いだ。

この調子でいけば、一ヶ月もすれば余裕を持って旅を再開できるようになる。

「ぎぅ……」

あれ？　いまエキドナの声が聞こえたような……。

セルマは連れてきたけど、エキドナは置いてきている。この迷宮ははぐれると大変そうだから、勝手にどこかに行かれると困るので、お留守番を言いつけていたのだ。

いるワケがない。

「せ、先輩だめであります。ちゃんと服の中に隠れるであります」

セルマの様子がおかしい。

「どうかした？　……そういえばエキドナの声が聞こえたような気がするんだけど……」

「なんでもないでありますよ？　気のせいだと思うのであります」

「……アティは？」

「今しがたエキドナの声がしたような気はしましたが……」

「奥様と旦那様は少し過敏になりすぎているのであります。先輩は部屋の中なのであります」

そっか。気のせいか……。


……って、そんなワケない。


「隠しているのは分かっている！　出すんだ！」

「あっ、ちょっ、駄目であります！　触らないでくださいであります！　セクハラなのであります！」

力では勝てないので、組み合わないようにしながら、ごそごそとセルマの服の中をまさぐる。人間と変わらないような質感の肌に手を這わせ、やがて、ようやくエキドナの頭を掴んで引きずりだすことに成功した。

「やっぱりいたか……」

「ぎぅ……」

観念したかのように、エキドナが頭を垂れる。

「なんでついて来たのかな……」

「ぎぅぎぅぎぎぅ」

寂しかった、といったニュアンスの鳴き声。

まぁ理解出来ないでもない。

一人残されたら、寂しくもなるよね。

特にセルマとは本当に仲良くなっていたようだから、離れるのも嫌だったのかも知れない。何も考えずに置いて来ようとしたのは、少し安直だったかな。

と。いきなり、ビーンとエキドナの体が一気に伸びた。セルマが尻尾(しっぽ)を掴んで引っ張って来たのだ。

「だ、駄目なのであります！　先輩は何も悪くないのであります！」

「いやいやいや」

「放してくださいなのであります！」

「ぎぎぎぎぎぎっう……」

エキドナの体が大変なことになっている。

今にも引きちぎれそうで、このままだと間違いなく体が二つに分かれてしまう。

そんな姿は見たくないので、僕は手を放した。すると、セルマが尻もちをつき、エキドナが宙を飛び――どさっと地面に落ちると同時に、「ぎゃぎゃう！」と、ダッシュでどこかに逃げていった。

「「あっ……」」

やばい。見失ってしまった。

「せ、先輩……」

「このままこの場にいたら大変な目にあう、と思ったんだろうね。まぁ、実際に千切れる一歩手前だったし。どうしよう……」

僕とセルマの顔が青ざめていく。

エキドナは魔物にしてはまだ小さいし、まだ弱いのだ。このまま放置したのではやられてしまうかも知れない。どうにかしないと……。

「……念のため、日ごろからエキドナにも〝しるし〟はつけていますので、居場所は把握しています」

ありがとう、アティ。

7　占者(せんしゃ)

アティの案内に従いつつ、エキドナの元へと向かう。よっぽど驚いたのか、エキドナはかなりの距離を走り抜けてしまったようで、小一時間経(た)っても追いつけていない。

途中の魔物は僕とセルマで片づけることにして（いや、まぁ、こうなった原因は僕らだから、それぐらいはね？）、どんどん進んで行くと、

「……エキドナがぴたりと動くのをやめました」

「……殺されたとかないよね？　だから急停止したように感じたとか」

「それは大丈夫です。生きています。生命活動が停止すれば、〝しるし〟は自動的に解除されますから」

生きているらしい。良かった。

「先輩……」

セルマも、そんな心配そうにするなら、引っ張らなければ良かったのに……。

はたしてエキドナは――まぁ結論から言うと無事だった。

するする木々の合間を通っていくと、一際目立つ大木の下にエキドナはいた。

誰かと話をしているようで、だから歩みを止めていたようだ。

相手は、フードで顔をすっぽり覆っている、怪しげな感じの人物である。

「少しは落ち着いたかね？」

「ぎぎぅ」

「ふむふむ。それで、君はどうしてこんな所に来てしまったのだ？　この迷宮の子ではないハズだが」

「ぎーぅぎぅ」

「なんと人の元で生活していると？　とても珍しい。そのようには作っていないのだが。まぁ個体差はあるか。……それで？」

「ぎっぎぅ」

「ははぁ。飼い主と一緒に迷宮に入ったはいいが、色々あって迷子（まいご）になってしまったと。でも大丈夫だ。ほうら、迎えが来たようだぞ」

フードの男は僕らを指さした。ちらり、とフードの隙間（すきま）から双眸（そうぼう）が見える。黄金色の瞳（ひとみ）だった。

見据えられて、僕らは一瞬のけぞる。

「ぎぅぎぅ！」

エキドナが駆け寄ってくる。取りあえず、無事で良かったと頭を撫（な）でた。

「……ふむ」

フードの男は顎に手を当てると、たしたしと足踏みをした。すると、次の瞬間、アティの銃口がフードの男に向けられた。

危険な人物、ということだろうか？

一気に警戒心を露わにするということは、蝶を飛ばして結果を得たということだ。僕も槍を持つ手に力を籠める。最後にセルマも察したのか指を鳴らした。

「……うん？　どうやらお前たちは勘違いしているようだ。吾輩を敵として認識するか。そのようなつもりは――あぁいや蝶が飛んでいるな。

なるほど、これで吾輩に敵意や害意を見たか。

……確かに敵意を一瞬向けてしまったが、しかし、それはそこの男が少し嫌いなヤツに似ていた気がしたからだ。よく見れば別人ではないか。顔も出で立ちも全然違う。吾輩の勘違いであった。謝罪しよう。すまなかった。

どうだ？

吾輩からはもう敵意も害意も感じないだろう？」

僕が嫌いな人に似ていたから敵意を向けた……？　なんとも迷惑な勘違いである。

「……確かにもう何も感じ取れません」

言って、アティは警戒を解くと銃口を下げた。僕も警戒を緩め、セルマもふんすと鼻で息を吐く。

「そうして貰えると助かる」

「で、あなたは……？」

「吾輩か？　吾輩は様々な名で呼ばれるが……そうだな、現在は〝占者〟という風に呼ばれることがほとんどだ」

「占者……？」

確か、助言を色々くれるとかいう謎の存在では？　会えるとは思っていなかった。なんという偶然だろうか。

占者はぐるぐるとその場で回りだすと、

「ふーむ。まぁその、趣味でな、助言というものを与えている。今回お前たちに会えたのも何かの縁であろう。勘違いした非礼もある。よかろう、一つ助言をくれてやろう。……そこの男」

占者は僕と目を合わせた。黄金色のその瞳が、独特の異質さを放っている。

「お前はひどく扱い辛い力に苦慮しておるな？　その力はいずれ己が身を滅ぼしかねないものだ。心当たりがあるのでは？」

「……」

「あるという顔だな。そうだろう、そうだろう。では、良いことを教えてやろう。お前は力の使い方をそもそも間違っているのだ。今までの使い方は、誰かの物まねでしかない。お前自身の使い方ではなく、むしろ向いていないやり方だ。それが大きな負担になっている。お前にはお前自身のお前にしか出来ない使い方がある」

「僕にしか出来ない使い方……？」

「それに気づくことが出来たのならば、負担などないも同然となる。ヒントは——お前が一番に慣れ親しんだものを思い出せ、だ。力をそれに通してみろ。あとは感覚で分かろう。……それにしても」

フッと鼻で笑うと、占者は僕の額に触れた。一瞬の出来事だった。

距離は確かにあったというのに、瞬きすらしていないのに、僕のすぐ目の前にいる。

まるで瞬間移動でもしたかのようだ。

「……なるほど。似ているように感じたのは、そういう繋がりだからか」

一体何を言っているんだろうか？

僕が困惑していると、占者はゆっくりと後ずさって、

「お前には感謝しよう」

妙に甲高い子どものような声でそう言った。

なんだか、どこかで聞いたことがあるような声でもある。

どうにか頭の中を探って、その声が――そう、子どもの頃の僕の声ということに気づいた。

「あなたは一体……」

僕がそう問うた時には、占者は霧と同化するようにして、薄れて消えていく。

あっという間の不可思議な出来事を目の前にして、僕はしばしの間立ち尽くした。

「あの……あれ？　ハロルド様？　占者はどこへ？」

「旦那様……？　あの謎の金眼の男はどこでありますか？」

「いや何かすぅーっと霧に紛れて消えて行ったけど……見てなかった？」

「助言をくれてやろう、と言った直後にいきなり消えたように見えましたが……」

「であります」

二人ともウソを言っているようには見えない。

どういうことだ……？

僕だけが話をしていた——いや、そうではなくて、僕だけが助言を貰った、ということなのだろうか。

この事を二人に言っても、信じては貰えないかも知れないから、伝えるのは止めておくことにしよう。

それにしても、慣れ親しんだ物に力を通せ……か。

占者の言う〝力〟というのは、僕が奥の手を使う際に奮う〝次力〟のことだと思う。思い当たる節というのは、それしかないし。

……制御の利かないこの力を操るキッカケになるかも知れない助言だから、覚えてはおこう。

※

セルマの実力が判明し、占者とも出会うという、色々なことがあった今回の大森林迷宮の探索。

その帰り道のことだ。

なんと、僕らは再びマリーと出会った。

つるで体をぐるぐる巻きにされた状態のマリーが、ぷらんぷらんと宙吊りになっていた。

罠に引っかかったっぽい……。

「人が宙吊りになっているであります」

「ぎぅ」

マリーを眺めていると、ふと僕と目があった。

「あははは……。また会ったわね。助けてくれない……？」

助けるべきか否か。

相手が相手だから、僕はアティに一任することにした。

「……助けましょう。見捨てたら、このままだと死んでしまうでしょうから」

※

「……」

地べたに尻をついたマリーが、瞬きを繰り返して、僕らを一瞥する。

「……助けてくれてありがとう」

「今から助けます、と言ったハズですが」

「……それもそうね。アティは有言実行する女だもの。……そういえば、そちらの方々は？　男の人は前も見たけど」

「女の子がセルマで、家事炊事をよくやってくれる子です。蛇はペットです。そして、こちらの男性が私の御主人様のハロルド様です。……マリーに売られて奴隷になったのも、そう悪いことでは無かったと思わせてくれるくらいにお優しい御主人様です」

「……なるほどね。あなたを売った私がこんなこと言うのもアレだけど、幸せそうで良かったわ。正直私も悪いことしたなとは思っていたし、なんて事をしてしまったんだろうって後悔もしながら、心配もしていたから。……ちなみに、その蛇が普通の蛇に見えな――」

「――ところで、他のメンバーの姿が見えませんが」

「……それは……あなたを売ったことがバレて、総スカン食らって全員離れていったのよ。『仲間をいきなり売るような人は信頼できない。そんな人の下について迷宮には入りたくない』って」

「……それに関しては、自業自得、としか私は言えません」

「うっ……仰る通りで。ま、まぁ取りあえず、前回も今回も助けてくれたことには感謝するわ。……言葉だけだと誠意が伝わらないわね。お礼に何かご飯でも奢るわ」

「……」

アティが僕を見る。誘いに乗るかどうかは、僕に判断して欲しい、ということのようだ。ひとまず頷いて「受けよう」と肯定する。

受けることにした理由は、この女性がアティを売った人だからだ。

根が悪い人では無さそうだけれど、だからといって全てを水に流すのも、どうにも釈然とはしないのだ。アティに対して、何らかの贖罪を見せて欲しいという気持ちが僕にはある。それがたとえ食事を奢るだけの事だとしても、あるとないとではだいぶ違う。

「そっ。じゃあ決まりね」

日時は明日の夜。場所は小料理屋を指定された。

「楽しみでありますね」

「ぎぅ」

セルマとエキドナが喜んでいる。

しかし、残念ながら君ら二人は連れていけない。

まず、エキドナを連れていかない理由は、食事に参加させられないからだ。

以前の船旅の途中に寄った島では、こっそり参加させたこともあるけれど、それは迷宮合衆国ほどの人口密度では無かったからである。

今回は少し厳しい。あみぐるみを売った時のように、ずっと鞄(かばん)の中に隠れて一切出て来ないというのならば別だけど……食べ物の匂(にお)いを嗅がせた状態で〝食べるな〟〝出て来るな〟はちょっとね。

かといって、少しだけでも食べさせてあげようとすると、見つかる危険性が高まる。

迷宮合衆国ともなれば、魔物かそうでないかの区別がつく人も多いだろうから、その時にただの蛇のペットで押し切るのも難しいだろう。

今しがたも少しバレそうになっていた。

アティが強引に話題を変えてなんとかしてくれたものの……気づく人は気づくと思われる。それが怖いのだ。

で、次にセルマを連れていかない理由。これは、エキドナを一匹宿に残すのは不安だからだね。

それと、そもそもセルマは人形だから食事の必要が無いし。

まぁその、文句を言われそうではあるけれど——我慢して貰うしかない。

「……うん？」

ふと、視線を感じた。

なぜかマリーが僕を見ていた。

8　横恋慕

先に寝入ったアティをベッドに置いて、僕は少し外に出ていた。

どうにも寝付けなかったのだ。

夜風に当たって、街並みを眺める。だいぶ夜も更けているけれど、まだまだ人々の数は多く見えた。酔っ払いも沢山いるし、仕事が終わったのが遅かったのか、今から帰ります風な人もいる。探索から帰ってきた人も。

僕は大通りに設置されている長椅子に腰かける。

少しだけ考え事がしたかった。

占者の言葉についてだ。

「……『お前が一番に慣れ親しんだものを思い出せ、だ。力をそれに通してみろ』か」

僕が一番に慣れ親しんだものは何だろうか。

思い当たる節は色々とある。ただ、その中で一番を決めるとするならば……銀だった。僕は、長い間銀細工職人を生業にしていたのだ。だから、どうしても銀が思い浮かんだ。

目星がついたところで、早速試してみたい……ところだけど、少なくともこの街にいる間は試せなそうだ。朝も昼も夜も人通りが多い、というのがネックだった。

街周辺で試すのも駄目だ。そこにも常に人がいるのだから。

力を使っているところを、誰かに目撃されたくはない。

次力は魔力とも違う変わった力だから、あまり、人には見せない方が良いと僕は考えている。詮索されたり、怪しい力を使うヤツだとして、変に目立ったりはしたくないのだ。

とはいえ、これは、今はする必要のない心配である。そもそも、僕は今銀を持っていない。試そうにも試す事が出来ない。いずれにしろ、日を改めなければならないのだ。

空を見上げる。星が全く見えない。街明かりが強い所では星は見えない、という話を前に聞いたことがあるけれど、それは本当のようだ。

※

「ぶぅーぶぅー」

「ぎぅーぎぅー」

翌日の夕方になった頃、文句を垂れているエキドナとセルマを宿に残し、僕はアティと二人で誘われた食事場所まで向かった。

路地裏を通り、もう一つ向こうの大通りを過ぎ、左に曲がった角。そこに一軒の小料理屋があった。

確かこの店で良かったハズだ。店の名前も聞いていた通りだし、アティも「ここのようですね」

と言うので、間違いはないだろう。

小料理屋、というだけあって、本当にこぢんまりとした佇まい。奢ってくれる件の人物はまだ来ていなかったようなので、玄関口で待つ。すると、数分後にやってきた。

「待たせたかしら？　あら、二人だけ？　まぁ全然構わないけれど」

何か化粧がキツいな。それとこの匂い……香水かな？

僕らとの食事は、別に特別なものでもない。長い付き合いになるわけでもなく、この一回きりでしかない。なのに、こうもキッチリ決めてくるとは……。

んん？　と怪訝そうにアティが首を傾げる。僕も首を傾げる。何か違和感がある。うまく言葉に出来ないけれど、浮ついたような雰囲気を感じるというか。

「……こういう人なの？」

「……いえ、男と会う時以外は、結構ラフな人だったとは記憶しています。どういった趣なのでしょうか。しばらく見ないうちに、生活スタイル等が色々変わったという可能性もありますが」

「もしかして、僕らと食べた後に、会いたい人でもいるんじゃないかな？」

「……化粧直しする時間も考えたら悪手ではないかと。すっぴんで来て、私たちとの食事が終わり次第急いで戻って家で化粧をした方が、絶対に早いと思います。化粧のノリもその方が良いですし」

「そ、そうなんだ。ま、まぁ僕らが気にしてもどうしようもないかな。御馳走になってさっさと帰ろうか」

「……ですね」

「こっちよこっち。昨日あのあとすぐに予約取ったから席あるのよ。誘っておいて行き当たりばったりじゃ、運が悪いと歩かせることにもなるしね」

用意が良い。

「……こういう気配りに関しては、以前と変わらないようです。元から地味に気が利く人ではありましたから」

「……へぇ」

僕は空返事をする。正直マリーには興味がない。

奥側にある角の席に案内され、勧められるがままに席に座る。

「頼みたい料理ある？」

「えっと……ハロルド様」

「一番高いので良いんじゃないかな」

折角だしね。

「意外と我侭なところもあるのね。見た目に似合わず男らしい面もある、と」

この観察するような目は何なのだろうか。少し気分が悪くなる。

「一番の高いものね。はいはい。飲み物は私が持ってくるわ。アティは好みとか前と変わってたりする？」

「いえ特に変わったりは……」

「そう、良かった。えっとぉ、それじゃあそっちのお兄さん……ハロルド君だっけ？　ハロルド君は？」

こういう感じの距離の縮め方、個人的に凄く苦手だな。

北東大陸にいた時、アティを手に入れる前に、たまにこういう感じの女性と話す機会もあったけれど、性格が全然合わずに会話も噛み合わないというケースが多くて。

経験則的に、この女性と絶対にソリが合わないだろうな、という確信を僕は持つ。

「明日に響くのは避けたいので、アルコールの類だけは外したいですが。……そうですね、お茶とかあれば、それで」

「ストイック」

「はい？」

「なんでもないわ」

本当に変な人だ。

あまり関わり合いになりたくない、という意味で。

しばらくして、飲み物が到着する。早速お茶を口にする。マリーはなぜか、僕がお茶を飲んでいるところを凝視してきた。

「……あの」

「え？　あぁなんでもないわ。ハロルド君の後ろにいるイケメンを見てただけだから」

振り向いてみると、がっしりして体格が良い感じの、男前な店員がいた。確かにイケメンと言えばイケメンだろう。

「リーダーは昔からああいう方が好みでしたね。男らしい感じの整い方をしている男性が」

「そうね」

「昔と好みが変わっておらず、少しホッとしております」

「どうして？」

「まかり間違っても、ハロルド様のことは好きにならないでしょうから」

「そうね。ところで、アティはあんまり男に興味が無さそうだと思っていたんだけど、なるほどね。見ていれば分かるわ。あなたが惚れるような人に買われるなんて、とても運が良いのね」

「そうですね」

「ちなみに、ハロルド君が他の誰かに取られたら、どう思う？」

「急に何を……。そう、ですね。我を忘れて激怒すると思いますが」

「そりゃそうよね」

なんで僕の話題になるの？

やめて欲しいな。

まぁ、それはともあれ、次第に食事も運ばれて来て、僕らの会話は世間話に切り替わっていく。食べたらすぐに帰るつもりだけど、ずっと押し黙ったまま、というのもそれはそれで苦痛ではあるので。

「……そういえば、この国に入って来たのはどのぐらい前？」

「一ヶ月経つか経たないか、それぐらいですね」

「ふぅん。なら、もしかして検問で迷宮執について聞かれたりしなかった？」

「ありましたね」

「ハロルド君は迷宮潜る方？」

「必要があればですが、本業ではないですね」

「なら、迷宮執について知ってることは少ない、と。教えてあげようか？」

「概要はアティに教えて貰いましたが」

「そうですね。どういった人物なのかは、私がお伝えしています。それより、国境で迷宮執が探されていたのはなぜでしょうか。何か大事をやらかした、という雰囲気ではありませんでしたが」

「……南大陸と西大陸の間の海が全て凍った、っていう話は聞いた？」

初耳だ。それが本当なら、事情次第では、僕らの旅にも支障が出かねない話である。そして、僕以上に驚いていたのがアティだった。

「そんなまさか。あの周辺は南大陸の影響を受けて、温暖な地域なハズです。海が凍るなどただの一度も聞いたことがありません」

「まぁ、情報も得ようとしないと手に入らないからね」

「何があったのですか？」

「……新しい迷宮が出来たのよ。氷河迷宮がドーンとね。その影響で西大陸と南大陸の間にある海域が一気に凍りついた。現地は大変らしいわ。海が凍ったから船は当然のごとく出ないし、唯一の陸路である大橋も、氷河迷宮が出ちゃったのが丁度その辺りだったから、全面封鎖状態だって。南大陸への道筋は今のところ閉ざされて、経済やら交流やらの影響がそのうちここまで来そう」

「そんな……」

「で……まぁそんな状態だからこそ、ここで迷宮執が出てくるワケ。さすがに場所が場所だから、氷河迷宮は管理ではなくて破壊したい、っていう話らしいのよ。南部の国が協力して討伐隊を組んだり、迷宮合衆国に救援要請出したり、もっと遠くの北部地域とかの有力そうな人物にも声掛けに行っているとかなんとか。……で、その流れで迷宮執探しが西大陸全土で広まりつつあるようでね。まぁ最強の男って呼び声高いし、それ以前に、迷宮ならどんな代物であってもほぼ完璧に攻略する人って言われてるしね。迷宮執一人いれば他に誰も必要ないわ」

「理屈は分かりますが……しかし、迷宮執は神出鬼没なイメージがあります。捕まえられないのでは？」

「それね。そもそも、顔を知っている人もほとんどいないしね。……っていっても、噂では色々とどんな行動しているのかとかは流れて来ることもあるわ。何か探してるって話は聞いたことある。……何探してるのかは分からないけど」

迷宮執なる人物は何かを探し求めている人らしい。

何を探しているんだろうか？

まぁ、高名な人物が考えていることなど、僕には分からない。

個人的にはそんなことより、南大陸への進路が断絶されてしまっている、という情報の方が貴重だった。

南大陸行きを中止する、という選択肢は取りたくないので、僕らが海を渡る頃には解決していることを祈ろう。

「……？」

アティが急にとろんとした瞳になって、ふらふらと頭を揺らすと、そのままゆっくりとテーブルに顔を預けて寝息を立て始める。

アルコールは僕もアティも入れてない。というか、仮にお酒を飲んでいたとしても、ここまで急には眠ったりしない。

一体――あれ……？　なんだ……急に僕も眩暈と眠気が……。

「……あら。やっと効いてきた」

僕が意識を手放す前に最後に見たマリーの顔は、恍惚に震えているような、そんな表情だった。

※

目が覚めると、僕はどこかの部屋に監禁されていた。

縄でぐるぐる巻きにされて、椅子に座らされている。

何が起きたんだ？

そうだ。

確か食事をしていて……。

「お目覚め？」

「あなたは……」

「あなたではなくて、マリーという名前があるの。これからはマリーって呼んでね」

いや名前はもう知っている。そんなことはどうでもいい。とにかくこの状況を説明して欲しい。

「なぜ僕が縛られているのですか？　あなたがやったんですか？」

「なぜって……惚れたから」

「は？」

ワケの分からない理由が飛び出て来た。

「今までにない優しい系のイケメン。本当はタイプじゃないんだけど、なんて言えば良いのかしら。一目見た時にビビッと来たのよね」

一目見てビビッと来た？

そういえば、初対面の時から何かこちらを見ているなとは思ってた。

え？　そういう意味だったの？

「だからお茶に薬入れたのよね」

それで急に眠気と眩暈が来たのか。アティがこてんと眠ったのもそのせいか。なんてことを……。

「……取りあえず、縄外して貰えます？」

「外したら逃げるでしょ？」

「いえ、逃げませんので」

「ウソね」

なんでバレたの？

「そう言って縄を外した瞬間に逃げる気でしょう？　そんな子供だましにやられるほど頭悪くないのよ私」

「……」

ヤバイ。なんとかして逃げないと。でも、どうすれば？　逃げる手立てが見つからない。というか、アティは無事だろうか？

「……そうねぇ。私のことを心の底から好きになってくれたら、考える」

「……それは無理かな」

「なんで？」

「僕は決してあなたを好きにならない」

「もうアティが好きだから？」

「……」

「そういう一途（いちず）そうなところも高ポイント。今までの男は全員すぐに裏切ってくれたから。もう裏切られたくないのよね」

「……アティを売った反省とか、そういうのってないんですかね。あればこんな事は出来ないハズですよ」

「何言っているの？　あるわよ。本当に悪かったなって思ってる。そもそも、私はアティのことを別に嫌ってはいなくて、だから、眠ったアティに何もしないでお店に置いて来たのよ？　……そういうのとこれは別なのよ。後ろめたさがあるからとか、嫌いではない女の子の男だからとか、そんな理由で惚れた男を諦めるほど私は出来た女じゃない」

……。

………駄目だ。会話でどうにかなる相手ではない。

だが、アティが無事だと知れたのは僥倖である。

良かった。

……早く帰りたい。

僕が消えたままだとアティが心配するだろうし、セルマやエキドナも不安を抱く。

しかし、そう上手くはいかないようで……。

※

三日が経った。

さすがに、僕を飢えさせるつもりはないらしく、二日ぐらい前から、マリーが食事や飲み物を運んでくるようになったけれど……僕は、絶対に水以外に口をつけなかった。

味や匂いがある物は、何か変な薬が入っていても、分からないからである。

例えば、僕が薬を盛られたのはお茶だった。

まさか、薬が入っているなんて思いもしていなかった、という不意打ちのせいもあるが、僕が気づけなかった最大の理由は、それ以上にお茶の味や匂いで誤魔化されていたからだ。

水ならば、そこまで強い味や匂いが無いので、変な薬が入っていればすぐに分かる。

実際、僕はそれに気づく事が出来ていた。

マリーが初めて食事を運んで来た時、水もセットだったのだが、その水から僅かに変な匂いがしていたのだ。

当然、僕は何がなんでも飲まない姿勢を貫いたよ。

最終的に、根負けしたマリーが「ちっ」と舌打ちをして、普通の水を持って来るようになったものの……もしも、あの水を飲んでいたらと思うと、ゾッとする。

とはいえ、これは水だからこそ出来た回避であり、この部分については、多分マリーも気づいている。

水以外を全く口にしない僕を見て、分からない方がおかしいだろう。

恐らくだけど、マリーはそれを確かめる為に、一度か二度、無害な食事を出している。

僕に水以外の判別も付くのであれば、見極めて口にするハズ。

もしも分からないのであれば、水以外の全てを拒否するハズ。

そういう風に試したハズだ。

で、僕は後者だった。

この場合、今後マリーが取るであろう行動は、味や匂いのある食べ物や飲み物全てに薬を入れたうえで、『変な物は何も入っていない』と言い続ける、だ。

やがて僕がマリー信じるまで、ずっとね……。

絶対信じないけれど。

「どうして食べてくれないの？　水ばかり飲んで……。それともなに、それ以外は口移しが良いの？」

「そんなことしたら舌噛み切ってあげますよ」

「怖いの禁止」

僕よりマリーの方が絶対怖いと思うけどな。

薬を盛ってまで惚れた男を監禁するって常人の発想ではないだろう。

「はぁ。まぁ愛を育むには時間が必要だものね。ゆっくり考えるわ」

くそっ。

何か妙案はないか……。

※

更に三日が経過した。

アティたちは元気にやっているだろうかとか、僕はそんなことを考え続けている。

「……強情ねぇ」

「……」

水だけを摂取している状態なので、なるべく体力の消耗を抑えたい。

今はまだ、なんとか大丈夫だけれど、監禁がいつまで続くか分からないのだ。

体力を温存したい事もあって、不必要な会話は避けるようにしていた。

何か脱出の手立ては……。

ごそごそと手を動かしてみる。

日数が経って少しだけ縄が緩んだのか、左手が後ろポケットに届いた。

指を伸ばして脱出に使えそうなものがないかと探していると、むに、と何かが触れた。

感触で分かる。これは銀粘土だ。

なんでこんなものが――そうだ思い出した。これは、アティに指輪を作った時に使った銀粘土の余りだ。

これが脱出の糸口になるかも知れない。

僕は占者の言葉を思い出していた。

銀を通せば、次力を上手く扱える可能性がある。

威力を抑えて、銀粘土が完全に溶けない程度に熱を帯びさせることが出来れば、縄を焼き切るぐらい出来るのではないだろうか？

「……うん？　何か様子が変ね。もしかして何か変なこと考えてる？　嫌な予感するから、今日から私もずっとここにいるわ。万が一にでも逃げられたら嫌だし」

いなくていい……。

傍にいられたのでは、試そうにも試せない。

勘づかれて銀粘土を取り上げられでもしたら、完璧にお手上げにな――

「――なにゴソゴソしてるの？　見せなさい。うん？　銀粘土？　……これで何か出来るとは思えないけれど、没収しとくわね」

あぁ……取り上げられてしまった。

※

マリーは宣言通りに、ずっと僕の傍にいた。

ほんのちょっと部屋の外に出る時もあるけれど、すぐに戻ってくるのだ。

手元から銀も失った今、もはや絶望しかない。

と、僕の目から希望の光が消えそうになった時である。

マリーがお化粧直しをしてくると言って扉を開けた瞬間に、入れ違いで小さな何かがスッと部屋の中に入って来た。

あみぐるみだ。

動くあみぐるみ……セルマだ！

僕が居なくなったことを心配して、探しに来てくれたのかも知れない。

「た、助けて」

僕は懇願する。しかし、あみぐるみは何も言わず、ジャンプするとドアノブを掴んで回し、部屋の外に出て行った。

「助けに来てくれたんじゃ――」

――と、僕が最後まで言い終える前に、がごん、と建物が崩れるような音がした。反響音からしてこの建物が崩れかかっているようだ。

一体何が……。

予想外の事態に戸惑っていると、再び扉が開いた。中に入って来たのはセルマである。

「旦那様……こんなところにいたのでありますか。今助けるのであります」

「た、助かったぁ」

セルマに縄を解いて貰う。久方ぶりに僕の体に自由が返って来た。

「ありがとう」

「お礼なら奥様に言うのであります。この場所を見つけたのは奥様なのであります」

「アティが？　でも今あみぐるみが……」

「罠の類があることを危惧して、先にあみぐるみで様子を見るようにと、そう仰せつかったのでありますよ」

なるほど……。そういうことか。

「さぁとにかく出るのであります」

「分かった」

僕らは急いで部屋から出て――それと同時に、目の前をマリーが吹き飛んで横切った。

「……」

「ちょ、ちょっと乱暴すぎない？」

「……」

「なんでそんな怖い顔するのよ。しょうがないじゃない。私も好きになっちゃったんだもの」

僕はマリーの視線を追う。すると、そこにはアティがいた。見たこともないような、恐ろしい表情だった。ゴミでも見るかのような眼。少なくとも、人間相手にしていい顔ではないし、向けていいレベルではない殺意も感じ取れる。

というか、普通に建物が半壊しているんだけど、まさかこれやったのって……。

「……」

「……ってかなんでこの場所分かったのよ。あんたが〝しるし〟を使えるのは知ってるから、対策したハズなのに。途中で消したのに。どっから追ってきたのよ」

「……」

「ここ結構高かったんだから。こんな壊してくれちゃって……って、ちょ、ちょ待って。こっち来ないで」

アティは、こつこつとゆっくりと歩き、女の近くまで来ると、顔面を掴んで壁に叩きつけた。

「〜〜〜っ？」

「……」

何度も、そう何度も。

こ、怖い。見ているだけの僕ですら、かなりビビる。魔物と戦う時とも違う、初めて見るアティの一面だ。

「……お久しぶりの再会の為か、私の耳が良いということ、忘れていましたね？　〝しるし〟が途中から消えた場所を起点に、怪しい場所全て、しらみつぶしに聞き耳を立て探しました。多少の遮蔽物なら近づけば私にとっては無いも同然です。

……私を売ったことは許してあげても良いのです。というか、既に許しております。ですが、ハロルド様だけは別です。私の大事な人を奪おうとするのであれば、それは決して許しません」

「……ちょ、ちょっとした出来心なのよぉ」

「……そうですか。では、今から私のすることも、ほんの出来心ですので」

アティは銃口をマリーの口の中に突っ込むと、ぐりぐりと動かす。いけない。頭を吹き飛ばすつもりだ。

僕は慌ててアティを羽交い絞めにして止めに入る。アティは僕の顔を見てハッと我に返った。

「ハ、ハロルド様……御無事で」

「うん。僕は大丈夫だよ。少しやつれてしまったけどね」

「うぅ……」

じわり、とアティの目の端に涙が溜まる。

それを見た瞬間、アティに感じた恐怖がすっかり僕の中から無くなってしまった。僕のことが大事だから暴走したという、ただそれだけのことだったんだ、と。

僕はぎゅっとアティを抱きしめる。

「ひっく……」

「大丈夫大丈夫」

よしよしと背中を撫でると、少しずつアティは泣き止んでいった。

さて、色々と落ち着いて来たところで、マリーをどうしようか——って、白目を剥いて気絶している。恐らく、銃口を口の中に突っ込まれた時に……。

取りあえず縛り上げて、僕を監禁していた部屋の中に放り込んでおく事にした。

気絶しているから抵抗はされず、とてもやりやすかった。

個人的にこれ以上の何かしらの罰を与えたい気分ではあったものの、既にアティがボコボコにしてくれていた事もあって、溜飲は下がっている。

※

宿に戻った頃には、すっかり夜になっていたけれど、僕らはこの街から出る準備を始めた。

明日の朝にもすぐ出発する為だ。

マリーを縛っては来たけれど、いつ起きて縄を解くかも分からない。面倒ごとは御免である。

「……明日早いからね」

「でありますか」

「うん。……準備しておいてね」

「了解であります。先輩にも伝えるであります」

セルマは小さく頷くと、自分の部屋に戻って行った。

僕はアティと一緒に荷造りを終わらせると、もぞもぞと一緒に一つのベッドに潜り込んだ。すると、アティが僕の首に腕を回して来る。

「……明日が早いのは分かっています。ハロルド様がお疲れであることも。ですが、会えなかった時間が寂しくて……無理は承知なのですが、その分の穴埋めとして今日は愛して欲しいのです」

僕が監禁されてから一週間以上が経過している。

確かにご無沙汰だ。

「……突然にいなくなってしまったのではないかと思うと、とても不安で、胸のあたりがきゅうと締め付けられるような気持ちになってしまいます。ハロルド様と想いが通じ合っていると知っていても、それでも、見えなくなってしまうと悲しい気持ちにもなります」

「……うん」

「確かな証が欲しいです。ハロルド様と愛し合っているという、確かな形ある証が。……ハロルド様の赤ちゃんが欲しいです。ダークエルフと人の間では子が出来にくいとは言われていますが、それでも欲しいです」

そんなことを言われてしまったら、僕もさすがに我慢が出来なくなってしまう。気がつけばアティを襲っていた。

水ばかり摂取していたから、正直僕もだいぶ憔悴している。明日だって早い。……でも、これは、アティのお願いなのだ。疲れるから、という言い訳はしたくない。大丈夫、きちんと起きれる。

9　人形の国1

迷宮合衆国を離れた後、僕らは当初の予定通りに南下を始めた。南大陸と西大陸間の海峡が氷河迷宮によって封鎖状況にある、という話はあったものの、情報の出所は決して信用出来るものではない。

しかし——国境を出て、更に南部へ進めば進むほど、往来する人々の数が減っていくのを肌で感じる。半月も経った頃には、一日のうちに一人とすれ違えば良いくらいになっていた。

「……おかしいですね」

アティが怪訝そうに眉をひそめる。

「西大陸は南大陸との交易や文化的繋がりも多く、ここまで急激に移動人口が減るのは変です。迷宮合衆国には及ばないものの、それでもある程度の活況を呈しているのが普通です。……以前ここを通った時にはそうでしたし」

「やっぱり何かあった、ということかな。……もしかして、南大陸への移動が駄目になったという情報は」

「正しいかも知れません」

情報の出所の人物的に、真偽は怪しい感じがしていたけれど、今の状況と照らし合わせるなら真実味を帯び始める。

ぽつり、と雨が降り始めた。先ほどまで快晴だったというのに、あっという間に天気が悪くなり始める。南は天候が変わりやすい傾向にあるそうだ。

「あ、雨は嫌いなのであります。体に悪いのであります～」

セルマは雨が嫌いなようである。

アンナネルラに拾われるまでは海中を漂い、その間、腐ったり錆びたりはしていなかったのだから、雨に濡れるくらいは平気なのではと思うものの……。

まぁ、体に影響があるかないかと好き嫌いは別かな。

一方でエキドナは逆に心地よさそうな表情。蛇だから、水気が好きなのかな。口を開けてふぁーっと雨を飲み込んでいる。

雨脚は弱まることなく、むしろ強まる。

取りあえず、雨宿りが必要だ。

心地よさそうな顔をしているエキドナの尻尾を引きずりながら、僕らは、近くに見えた木の洞の中へと退避した。

通り雨であることを祈る。天候が早めに良くなってくれると助かるんだけど……。

しかし、そんな思いとは裏腹に、更に小一時間が経った頃に雨がその性質を変え始める。

弾けるような音が地面から響き始めた。

なんだろうと思って、そおっと手だけを外に出して確かめてみると、ばちっ、と当たって痛みを感じた。僕はすぐに手を引っ込める。

ひょうだ。

雨がひょうに変わっていたのだ。

「……私もこの地域でひょうを見るのは初めてです。天候は確かに変わりやすいですが、それは晴れと雨が頻繁に入れ替わるという意味です。雨が別のものになるということではありません」

「地域の自然そのものに大きな影響を与える出来事が、どこかで起きているんだろうね。……氷河迷宮、か」

これのせいで、海一面が凍りついて、南大陸へ渡ることも出来なくなっている、という話だった。

そして、それほどの大規模な氷結であれば、まだ少し距離があるここにまで影響を及ぼすことも、ありえなくはないのであった。

……しかし、この状況は正直困るなぁ。

僕らの目的地は南大陸にあるのであって、辿り着くことが出来ないとなると、そこで旅が終了になってしまう。

折角ここまで来たのに……。

いや、弱気になる必要はない。まだ可能性を捨てるのは早い。僕らが大陸南端に到着した頃には、何かしらの対抗策が取られたりして、渡れるようになっているかも知れないのだ。

どうするかを決めるのは、直接この目で状況を見てからでも遅くはない。

「……それにしても、中々止まないね」

「……ずうっと降ってます」

降り止まないひょうが鎮まったのは、翌朝のことであった。

※

山吹色の朝陽に、晴れやかな青空が照らし出される。

どうやら、一晩過ぎた後に天候は良くなっていたようだ。

もっとも……気温まで良くなることはなくて、寒さに肩を震わせながらの起床となった。

「……うぅ」

急いで迷宮合衆国から出たせい、というのもあるけれど、それ以上にまさかここまで冷える事になるとは思ってもいなくて、だから防寒着の類は何一つとして用意していなかった。

「……さ、寒い」

「……は、はい」

僕とアティはすっかり気温の低さにやられている。

雨の時は喜んでいたエキドナも、一転して、鞄の中で丸まってプルプルしている。……蛇だから寒いの苦手なのだろうね。

と、僕らはそんな様相だったのだけれど――しかしその一方で、あんまり影響を受けていなそうな存在もいた。セルマだ。

「……そこまで寒いでありますか？」

「……寒いの大丈夫なんだ？」

「寒暖が極端であれば可動領域に影響が出るでありますが……この程度ならば、特別に支障はないであります」

凄いな。羨ましい。どうすれば寒くなくなるのか、その方法を聞きたくなるけれど……普通に考えて、これは何かの防寒の手立てがあるのではなくて、単純に人形という存在だからこそ成しえるタフさだ。生物である僕らでは真似など出来るわけもない。

「旦那様と奥様は寒いのは駄目でありますか？」

「……う、うん。そうだね。僕らにはセルマはちょっと参考にならないから、次の街で何か寒さをしのげる防寒着でも買おうと思う」

「う、売っているかどうかは少し怪しいところですが。滅多に寒くならない地域ですので。あったとしても結構な値がするかも知れません」

「……迷宮合衆国で貯めた分があるからお金に余裕は出来ているけれど、どうせ使うのなら、観光とかに使いたいなぁ」

「……防寒着でありますか？　必要とあらば、私が服を編むであります」

「おぉ……」

「そういえば、編み物が得意なのでしたね」

僕とアティの表情が柔らかくなる。

「であります。幸いなことに、毛糸がまだ余っているであります。服を作るぐらいなら足りるであります」

毛糸……？　いつの間に？　あぁ、そうか。あみぐるみを売った時に渡したお金があった。それを使って、どこかでこっそり買っていたのか。

新たにあみぐるみを量産している様子はないので、そのことを咎めるつもりはない。それよりも、今はありがたいという気持ちの方が強い。

「いかがでありますか？」

僕は「お願いするよ」と即答する。アティも嬉しそうに頷いた。

セルマの手際は良く、すぐに毛糸の防寒着は出来た。

袖を通してみると暖かい。

ぬくぬくである。

※

更に南下を進める。

すると景観が少しずつ変わっていき、寒さの影響なのか、枯れ始めた草木をよく見るようになった。

南に行けば行くほどそれは顕著になり、やがて緑と枯れ木の比率は逆転する。

もはや、北の地と言われても納得出来てしまいそうな環境だ。

この近辺を知る人からすれば、堪ったものではない事態なのだろうけれど、しかし悪い面ばかりがあるわけではないようだ。

寒さで枯れたことによって、木々の間に隙間が出来ている。そのお陰で、周囲の状況が容易に確認できるようになっていて、これは随分と助かることだった。

危険な動物や虫がいればすぐに発見出来るのだ。

ある意味で安心して南下が出来ている。

そのうえ、こんな風に見晴らしが良くなっていたからこそ、見つけたものがある。

道を外れた森の奥にある、古ぼけた立て看板だ。

生い茂る草木に阻まれていたら、これは絶対見つけられなかったと思う。街道から外れようとか思わないし。

で、あの看板にはなんて書いてあるのだろう？

気になったので、僕らは近寄って書かれた文字を目で追った。

「う、うーん……」

「これは……」

「読めないのであります」

あまりに文字が掠れてしまっていたせいで、きちんと読み解くことが出来なかった。

ただ、なんとか読めそうな部分もあるにはあって、「～の国、こちら」と書かれていることだけはなんとか分かった。

この看板の先に進むと、何かの国があるらしい。

「……私はこの道を通ったことはありますが、脇道にそれると国がある、などという話は聞いたことがありませんし看板も見たことがないです」

「……アティが前にここを通った時って、周りも草木が生い茂っていたんじゃないの？ ……なら、あると分かっていて、そのうえでこの場所を重点的に探さない限り見つけられないよ」

それ以外で発見するとしたら、迷ったりして偶然に出くわすか、あるいは今回のように気候変動などで周囲の環境が大幅に変わった時くらいなものだ。

どちらも運が大幅に左右してくる。

……普通、看板って見て貰える場所に設置すると思うんだけれど、どうしてこんな場所に立てたのだろうか。

気にはなるかな。

「……どうされますか？」

「……少し寄り道になってしまうけれど、行ってみよう。誰も知らなそうな国っぽいから、どういう所なのか気にはなるんだ」

看板の設置場所の意図は分からないけれど、少なくとも来て欲しくない、とは思っていないだろう。そうなら、看板そのものを作っていないハズだ。

僕らには南大陸に向かうという目的があるのに、寄り道なんかしている暇があるの？ という疑念もあるにはある。

でも、別にそれは緊急を要するものではないのだ。

折角の旅なんだし、観光も楽しみながら進みたいと思うのは、別に間違ってはいないハズだ。

まぁ僕だけで決めるワケにもいかないので、他の皆の意見も聞いてから決めるけれど。

「アティはどう？」

「そう……ですね。特に反対する理由も見当たりませんので、私は構いません」

「セルマは？」

「行くでも行かないでも、どちらでも良いであります」

と、反対意見はないようだったので、僕らは一旦謎の国へと向かうことにした。

※

看板から先に進むこと二日。

鉄で出来た壁で四方を囲まれた区域が見えて来た。

これが看板が示していた国……なのだろうか。

外観だけで言うならば、国というより、小さな要塞とでも言った方が正しそうな雰囲気ではある。

だが一方で、そんなゴツい外壁とは裏腹に、出入り口の門は常に開かれているようだった。

ご自由に出入りどうぞ、なんて張り紙が貼ってある。

そして、好きに入って良いなら、と中に入った僕らは――その街並みに面食らった。

なんというか、とても普通。

外観から感じる印象とのギャップが激しい……。

出入り口から、しばし街並みを眺めていると、横から、見知らぬ中年の男が声をかけて来た。

「君たちは外から来た人たちかな？」

「……そうですが」

「俺はこの国に入った人を案内する役割なんだ。必要があれば案内をしよう」

「入国した人を案内する役割……？」

少し違和を感じる言い方である。

観光案内のようなことをしている人は、探せば確かにどこの街や国にもいる。ただ、普通はそれを仕事と言うのであって、〝役割〟と称するのは何か変だ。

この人がそういう言い方をした、というだけかも知れないけれど……まぁともあれ、僕らはまだこの街に入ったばかり。勝手を知らないのだから、安いのなら案内を頼むのも一考の余地がある。

「なるほど。分かりました。……ちなみに、失礼ですがお代は？」

「金はいらんよ。今しがた伝えた通りに、〝案内する役割〟だからな」

「……え？」

「そんな驚いたような顔をしないでくれないか……？　別に騙そうとか、そういうことを考えているわけではないんだ。……この国に住んでいるのは全て人形なんだ。ここは【人形の国】というんだが……住人はみな与えられた役割をこなし続ける日々を送っている。俺も例外ではない。入国者の案内、という役割を忠実に果たしているに過ぎない」

――人形の国。突然飛び出た予想もしていなかった単語に、驚いたのは僕だけではない。アティとセルマの二人も、ぱちくりと瞬(まばた)きを繰り返していた。

中年の男は、「これが証拠だ」と自らの腕の関節部を見せてきた。僅(わず)かな隙間が、肘を一周するように存在している。セルマも似たような感じであるから分かるのだが、確かに……この中年男性は人形である。

「俺を呼ぶ時は052と呼んでくれ」

「番号……ですか？　それ以外の呼び方とかはないんですか？」

「あるなら教えてあげたいが――無い」

番号で人を呼ぶってあんまり良い気分にはなれない。

でも、断言されてしまった以上はそう呼ぶ他に無さそうだ。

「では、052さんで」

052は肩を竦(すく)めると、僕らを一瞥(いちべつ)して――ほんの一瞬だけ、セルマを見た瞬間に、眼(め)を細めた……ような気がした。

けれども、それは僕の勘違いかなと思えるぐらいの一瞬でしかなく。

もう一度見た時には、052は元の表情になっていた。

※

０５２は微笑を浮かべながら、あれやこれやと街の説明をしてくれた。

——宿はあそことあそこがある。向こうにあるのは、工芸品の店だ。観光客向けのものを売っている。で、そこが役所であっちには花園もあるし……向こうには観覧車という遊具もある。ただ回るだけなんだが、観光客にウケがいいかも知れない、ということで作られた。君たちも時間があれば乗ってみるといい。

慣れたものなのだろう。街の案内は無駄がなく、実にさくっとしたものだ。喋(しゃべ)り方や姿形は違うけれど、どことなくショバンニを思い出す。ショバンニを人の形にして、お調子者な面を外したら、多分こうなるのではないかな。

いや、そうなったらもうショバンニではなくなるけど。

「……」

「……うん？」

「あっ、いえ……なんでもないのであります」

案内の途中に、ふとセルマがそわそわし始めていた。視線の先には、この街の住人——人形たちがいる。

同じ存在ということもあってか、気になるのかも知れない。

「気になるなら、話でもしてくるといいよ」

「……いいのでありますか？」

「構わないよ。僕らは０５２さんの案内を受けておくから。ね、アティ」

「はい。セルマにも〝しるし〟をつけています。あとからハロルド様と一緒に迎えに行きますので」

「で、では……」

たたた、とセルマが駆けていく。すると、なぜか０５２さんが「あっ」と声を上げる。

「……うちのセルマが、どうかされましたか？」

「あぁいや、なんでも」

「なら良いのですが」

この会話はこれで終わった……ように見えたのだが、０５２が何かを呟き始めた。

「……まさか戻ってくるとは。他の連中が気づかなければ良いが」

周りが少し静かだったこともあって、僕の耳が、０５２の言葉を捉える。

まるで、セルマを知っているかのような口ぶりに聞こえた。

なんだか気になる物言いなので、案内の隙を見ては、僕は何度かそれとなく問う。けれど、その度に返って来る答えは、

「本当になんでもない」

ただ、それだけ。

「そう……ですか」

さすがに、こうも頑なに断られてしまったのでは、これ以上訊くのはしつこいだろう。

重い沈黙が続く中、僕は一旦この話は終わりにして、別の話題を出すことにした。西大陸最南端の話を振る。

異常気象が起きていて、ここに来るまでの間にひょうが降って来たりしたのですが、さらに南は今どういう状況になっているのですか、と。

何か情報が入っていたりはしませんか、と。

すると、052は答える。

「……気温は確かに低くなってはいる。しかし、俺たち人形は気温の変化には鈍い」

確かセルマも、極端でなければ、あまり気にはならないと言っていた。

けれど、それはあくまで人形にとっては、というだけだ。

「……自身の体に違和感がなくとも、景色は違うのではないですか？　街道には花が植えられていたりしていますし、植物等に影響が――」

「――よく見るといい。この花は造花だ」

052は花を一つ摘むと、僕に手渡して来る。それは確かに造り物だった。よく見なければ分からないぐらいに精巧である。

「観光客向けの食事などで出す食材も屋内栽培のものを使っている。気候の影響はさして受けない」

「……住人の方々には分からない、というのは理解しました。では、観光客の方で何か仰っていたりした人とかはいませんでしたか？」

「……君たちの前に観光客が来たのは、二十年前だ。それ以降はとんと」

二十年……凄い年数だ。

正直かなり驚く。ただ、それと同時に納得も出来なくは無かった。

人形の国までの案内板である看板は、そう簡単に見つけられない所にあった。加えてかなり古ぼけてもいる。ここに辿り着ける人物はそうそういないハズ。

街中を改めてぐるりと見回すと、052の言う通りに、僕ら以外に観光客のような人は見つけられなかった。

「……そういえば、変な所に看板がありましたが、あれでは観光客も来にくいのではないですか？　何か理由があってあのような見つけにくい場所に？」

「……あの看板を見て来たのか。……以前はあそこにも道があった」

「道があった……過去形ですか？　〝役割〟とやらが定められているのならば、街道整備のような〝役割〟の方もいるのではないですか？」

「いや、その〝役割〟の人形は今はいない」

「今はいない？　何か理由があってその役割が無くなったとかですか？」

「まぁそんなところだ」

国に繋がる街道なのだから、そう簡単に廃止して良いことでもないとは思うんだけれど。

まぁでも、ここは〝人形の国〟だ。

人形にとっての優先順位や大事な価値観等があるのかも知れない。

部外者がああだこうだと言って良いことでもないか……。

※

「大体こんなもんか。じゃあ俺はこれで」

あらかた街の案内を終えた後、052は持ち場に戻ると言った。次の観光客が来るのを待つために、入り口の近辺で待機するそうなのだ。引き止める理由も特にないので、僕とアティは頷いて、セルマの迎えに行くことに。

アティの〝しるし〟のお陰で、セルマの場所はすぐに分かる。

「今まで色々な魔術を見せて貰って来たけれど、〝しるし〟って一番使い勝手良さそうだよね」

「はい。これは私も一番よく使います。ただ、やはりこれも他の魔術と同じで、万能ではありません」

「というと？」

「解除の方法もあったりします。柊の実を食むことで、効果が消えます」

そういえば、〝しるし〟の対策がどうのとか、迷宮合衆国でマリーが口走っていた気がする。アティが僕を見つけられなくする為に、対策をしたハズなのに、と。

今の話を聞いて、それがどういう事なのか分かった。おそらく、眠った僕を運ぶ時に、柊の実を口の中に放り込んだのだろう。意識が無かったから、僕は全く覚えていないけれど。

とまぁ、こんな話をしながら、のんびりと歩く。

そして、街の中央の噴水の近くにセルマの姿を見つけて——僕とアティは、そこで異変に気づいた。

「——!」

「——?」

何やら、セルマが他の人形たちと口論になっている。

「なんだろう。行ってみよう」

「はい」

小走りでセルマの元へ向かう。

すると、会話の内容が聞こえてきて、思わず足を止めた。

「ど、どうしたでありますか！」

「お前は処分されるべきだ」

「お前は破棄されるべきだ」

「お前は破壊されるべきだ」

人形たちは、セルマの腕を掴むと、強引にどこかに連れていこうとする。さすがに様子を見るだけで済ませるわけにはいかない。

すると、割って入ろうとした僕を見て、人形たちは突然セルマから手を放し、無言になってどこかへと去って行った。

「……」

ぺたん、と尻もちをついたセルマ。放心状態といった感じだ。

「……大丈夫？　何があったの？」

「だ、旦那様。……ええっと、その、最初は他の人形たちと普通に話が出来ていたでありますが、何か急に態度が変わったのであります」

「急に……？」

「はい。何か途中から様子がおかしくなり、最後にはああなったであります」

どういう事だろうか？

セルマに何か……あるのかな？

そういえば、052もセルマを見た時に、少し様子がおかしかった。

「……」

駄目だ。考えてみても答えが出てこない。

まぁ……ある程度観光して羽を休めたら、遠からず出て行くつもりの国ではあるので、あまり深く考える必要もないかも知れないけれど。

ただ、セルマが少し傷ついているようだから、それだけは注視しておこう。

「今日は休もう。宿の場所も教えて貰ったからさ」

「旦那様……」

「そういえば、セルマの作ってくれた防寒着は本当に暖かいですね。ありがとう」

「奥様……」

建物が夕焼け色に染まっている。そろそろ休むにも丁度良い時間だ。

日が沈む方向には夕焼けが。

日が昇る方向には夜空が。

昼と夜の境界線がくっきりと見えていたのは、きっと澄んだ冷たい空気のせいだ。

※

泊まったのは、なんてことはない、普通の宿である。

豪華でもないし、質素というほどでもない。

ただ、驚くことが一点。

料金が驚くほど安かったのだ。

この国は、旅人からお金を貰わない方針なのだろうか？　052なんか、安い所か、案内を無料でやってくれたけれど……。

それでやっていけるのかな？

という疑問はあるものの、今まで上手くやって来ているようだから、きっと大丈夫に違いない。

実際に、二十年間も閉鎖的に過ごしていながら、何一つ不自由もなく毎日を繰り返せているのだから。

ともあれ、ほとんどお金が掛からないということもあって、二部屋取った。僕とアティで一部屋。セルマとエキドナで一部屋だ。

ベッドで寝るのが久しぶりなうえに、アティと二人きりの夜も過ごせて、僕的には大満足だった。

「ふぁぁ……」

「おはようございます」

「うん。おはよ。……こっちおいで」

「はい——んっ」

おはようのちゅーをアティにしてから、いそいそと観光の準備を始める。

案内された時に気になっていた場所が幾つかあったから、そこに寄ってみたい。

というわけで、セルマを迎えに行った後、まず最初に寄ったのが工芸品のお店である。

色々なものがあるらしいので、中を見て回る。アティも、手を後ろで組んで、体を傾けながらショーケースの中を眺めている。で、セルマは……アヒルみたいな口をして僕らの後ろをついて回っている。

この国の人形たちは、僕とアティがいると、セルマに何も言って来ない。だから、安全の為に、という意味もあってセルマを連れている。それと、外に出れば、セルマも気分転換にもなるだろうという考えもあった。あんまり効果は無さそうだけど……。

まぁでも、そのうち、きっといつも通りに戻ってくれる気はする。アヒルみたいな口をする程度には元気があるようだし。

「……うん？」

セルマの様子を確認しつつも店内をうろついていると、ふと、工芸品の中に気になるものを発見した。

美麗な実寸大の鷹（たか）の銀細工である。

まじまじと眺めて、僕が抱いた感想は「凄い」の一言。

まるで、生きたままの鷹に銀で塗装したかのような、見事な再現度であったのだ。

僕自身が元々銀細工職人だからこそ分かる。

これほど精巧なものを作れる人物は、まず存在しない。

親方ですら作れないだろう。

加えて、これだけの作りだと言うのに、値段も宿代同様ほぼタダ同然に近く、その点も驚きだった。

さて、言い訳に聞こえるかも知れないけれど、知っていて欲しいことが一つある。

別に衝動買いをしたわけではない、ということだ。

兼ねてより僕個人の課題であった力の制御のために銀が必要だから、買ったのである。

占者（せんしゃ）の言葉を信じるのならば、僕が一番に慣れ親しんだ物——つまり、銀に力を通せば負担を少なくして使えるということになる。

迷宮合衆国では、監禁された時に銀粘土で試してみようと思っていたけれど、取り上げられて結局は確認出来ず終（じま）いだった。

まぁその、素晴らしい細工だと思って、欲しいなって思う気持ちもあったのは否定はしないけれど……。

でも、それは購入の決定打ではない。

あくまで、力の使い方を試すのに必要だから買ったのである。それと、とても安いから、そこまでの出費にならない、という理由もある。

決して、衝動買いではない。

※

「何をお買い求めになられたのですか？」

「私も気になります」

「ちょっとね」

袋を持ち上げて僕は苦笑する。

中は見せない。

お披露目してしまったら、理由も説明しないといけなくなる。

でも、それを伝えるとしたら、僕と占者の会話から説明をする必要がある。どういう原理なのかは分からないが、占者は、僕と二人きりの空間にて会話を始めたからだ。

どういう話をしたのかは、少なくとも力の制御が上手く行くまでの間は秘密にしたい。

助言を貰ったと言ったとしても、アティ辺りが「本当に大丈夫なのですか？」と凄く心配して来そうだから……。

かといって、誤魔化す為に「僕が欲しいと思ったから」という部分だけを抜き出したとしたら、必ず突っ込まれる。セルマに。私の趣味のあみぐるみに日頃から苦言を呈しがちな癖に、自分は別と言うのでありますか、と。

「それより、次はあそこに行こう」

話題を変えるべく、僕は遠方に見えた観覧車を指さした。

少し強引だったろうか？　でも、あまり違和感はないハズだ。あそこも行ってみたいと思っていた場所ではあるので、決してウソを言っているわけではなく、それは上手く伝わったと思う。

「あれは……観覧車、という乗り物でしたよね」

「あんな乗り物あったでありますか……」

二人とも僕と一緒に案内を受けたハズだけれど、反応に差異がある。アティは覚えていて、セルマは覚えていない。どうやらセルマは、住民の人形に気を取られて、きちんと説明を聞いていなかったようだ。

ともあれ、なんとか話題を変更出来た。

僕はこの調子を維持するべく、

「うん。乗ってみようよ」

と、にこやかに伝える。

※

観覧車のふもとまで向かい、入り口にいる人形に話しかけ、乗せて貰える事になった。

皆で乗り込もうとして——だがしかし、なぜかセルマだけが足を止める。

「さすがに空気は読めるであります」

どうやら、僕とアティに気を使っているらしい。こういう言葉が出てくるということは、段々といつもの調子を取り戻して来ているようだ。

はてさて、ここは厚意に甘えたいところだけど……、

「皆で乗らなきゃね」

「あっ……」

僕はセルマの腕を引っ張って、無理やり観覧車の中に連れ込む。すると、アティがくすりと笑って、

「そうですね。セルマも一緒です」

そう言って僕に目配せをして来た。

僕の考えていたことが分かったらしい。

セルマを一人にしておくと、人形たちとの間でまた揉め事が起きるかも、という心配を僕は持っていたのだ。僕らと一緒にいる時には何事もないようだから、この国にいる間はなるべく近くに置いておきたいのだ。

「二人きりになれる機会でありますのに……私も一緒で良いのでありますか？」

「気にしなくて大丈夫だよ」

「そうですよ」

僕もアティも別に気にはしない。

宿を二部屋取っているのだから、夜になれば二人きりの時間はある。

「……あ、ありがとうございますなのであります」

と、セルマが感謝を言葉にしたところで、観覧車が回り始める。

ゆっくりと高度が上がっていく。

頂上付近に辿り着くと、アティとセルマの二人が、窓の外を食い入るように見つめ始めた。僕も一緒に隣で眺める。

無駄のない、計画的に作られたような街並みが眼下に広がっていた。

それは、さながら模型のようでもある。

こうした光景は、人形たちが〝役割〟を重視しているからこそに違いない。きっと〝役割〟を果たすにあたって適切に作られた街並みで、それ以外のことをやらないから、形を変える必要がないのだ。

最初に作られた時のまま、ずっとそれを保っている。

「先輩、良い景色(けしき)でありますよ」

「……ぎぅ」

セルマの服の胸元からエキドナが顔を出した。

なんてところに隠しているんだ。

まぁ本人たちが良いなら別に構わないけれど……それにしても、エキドナが凄く眠そうだ。とろんとした眼(め)をしている。あんまり動きたくない、と思っていそうなのが、見ているだけでも伝わってくる。

10　人形の国2

観光が終わったあと宿に戻った僕は、ベッドに転がり込んだ。

視界を天井が占める。

ぴかぴかの純白で、誰が見ても掃除が行き届いているとしか言えない綺麗さだった。

「……ハロルド様」

ベッドの縁に座ったアティが、話しかけて来た。

いちゃつきたい、といった雰囲気ではないけれど、どうしたのだろうか。

「あの、少しだけお聞きしたいことがあるのですが」

「答えられることなら……別に構わないけど」

「その、ハロルド様のご両親はどういった方なのかな、と」

予想もしていなかった問いだ。

どう答えたら良いのだろうか……。

「うーん……」

「答え辛いのであれば、無理にとは言いません」

「どうして聞きたいって思ったの？」

「……お子が出来たら、私は母でハロルド様は父になります。そのことを考えた時に、ふと、そういえばハロルド様のご両親はどういった方なのかなと気になりまして」

「なるほどね……」

「私を買われた時にはお一人で生活されておられるようでしたが……離れて暮らされているとかでしょうか？」

「そんなことはないよ。どっちも既に他界しているってだけ」

「……すみません」

「別に気にすることでもないよ。思い出すことはあったりするけれど、悲しいとか寂しいとかはもう無いしね。良い歳だもの僕も。……で、どういう両親か、だっけ？　母は……優しかったような気がする」

「気がする……ですか？」

「亡くなったのが、僕が物心つくかつかないかの頃だったから、あんまり覚えていないんだ。ふんわりと優しかったかなっていう感覚だけは覚えているけれど」

記憶を辿ってみる。

でも、母に関するものは凄く少ない。

覚えている事と言えば……母は病気がちだったので、いつも咳き込んでいた事と、僕が近づくと手を握ってニコニコしていた事くらいだ。

それ以外は本当に何もない。

「物心がつくかつかないかの頃ですか……？　そ、そんな小さい頃にお母様を……」

「そんな顔をしなくても……。今さっき言った通り、もう別にどうこう思うような歳でもないし、亡くなってから時間が経ち過ぎているせいで完全に過去として受け止めてるよ」

「そう、ですか……」

「うん。それで父親は……」

こっちはよく覚えている。

気が向いた時にだけ槍を教えてくれて、それ以外は迷宮に籠りっきりで、そのまま消えた。

迷宮に入ったまま帰って来なかった。

事実上の死亡である。

「……お父様は？」

「いや、いいや別に父のことは」

好き勝手に生きてやりたいようにやった自由奔放な人でした、とは少し言い辛いなぁ。

人格者であれば、胸を張って言えたんだけれどね。

そういう人ではない。

「……そうですか」

アティはそれ以上は深く聞いて来なかった。

※

アティがすぅすぅと寝息を立てたのを確認してから、銀で出来た鷹(たか)を持って、僕はこっそりと宿を抜け出すことにした。

力の制御を試す為(ため)である。

見つからないようにやろうとすると、この時間帯にこっそりになる。

音を立てないように部屋を出て、そろそろと廊下を歩いて階段を降りる。そして、宿の入り口まで辿り着くと……受付の所にピクリともしない人形が立っていた。

人形は僕に気づくと、顔をこちらへ向ける。

「どうも」

「外出でしょうか？」

「少しね」

人形が柱時計を見た。針は日付が変わる辺りを指している。

「……この時刻では、どこの店舗も営業しておりませんが」

「構わないですよ。それより、戻ってくる時に宿の入り口が閉まってたりとかしますか？　一時間か二時間くらいで帰ってくるつもりなんですが」

「明朝までここで対応を行うのが私の〝役割〟です。緊急事態、あるいは施錠の必要性がない限り

「扉は常に開いております。ご心配は無用です」

二十四時間体制で必ず誰かが受付にいるとは……。

通常の宿であれば、この時間は受付に人がいない事がほとんどだ。呼び鈴を鳴らしたりして呼ばなければならない。で、大体眠そうな顔した仏頂面の人が出てくるのだ。

「大変じゃないですか？」

「……大変？」

「〝役割〟が大事なんだろうなとは思いますけれど、息が詰まらないのかな、と」

「なぜですか？　人形にとっては〝役割〟こそが全てです。それを守れないのであれば、破棄されてしかるべきです。あなたは私に破棄されろと仰るのですか？」

「い、いやそういうわけでは……」

「そういえば、お連れ様に人形がおられるようですが……彼女の〝役割〟は知っていらっしゃるのでしょうか？」

いきなりの問いに僕は答えに窮する。

セルマの〝役割〟を知っているのか、と言われても。

家事炊事をやって貰うことは多い……かな？　でも、それはこの国の人形たちが絶対視している、命令に従うかのような〝役割〟ともまた違う。

本質的には僕からのお願いなのだ。

セルマにはセルマの意思があって、仮に本気で嫌がるのであれば、やらせはしない。実際にセルマは嫌なことは嫌ときちんと言う子だ。

「……迷われるということは、お連れの人形の〝役割〟を知らないということですね？」

「――い、いやそんなことはないですよ。ちゃんとやってくれています」

なんだか嫌な予感がする。

これ以上は下手（へた）に会話を続けない方が良さそうだ。

僕は慌てて外へと飛び出した。

「……〝廃棄処分〟から逃れた人形が戻って来た、という情報が昨日共有されましたが、なるほど、どうやら当館に泊まっているのがそれのようですね」

※

「はぁ……危ない危ない」

大きく息を吐きつつ街中を歩く。

上手（うま）く誤魔化（ごまか）せていたら良いけど。

「にしても静かだなぁ……」

宿から少し離れた所で、周囲を見回してみる。

街全体の明かりは既に消えていて、物音が一つもせず静まり返っていた。

普通の街であれば、どんな時間であっても、幾らかの人の気配がどこかにはあるものなのに、全くそれが感じられない。

抜け殻のような雰囲気。

少し不気味さがあるけれど……まぁでも、これはこれで好都合ではある。

力の制御を試すにあたって、誰かに見られるようなことだけは避けたかったので、この状況はむしろ願ったり叶ったりだ。

しばし街をうろつくと、外れに公園を見つけた。

「ここなら丁度いいかな……」

十分な広さがあるので、何かあった時でも周りに被害は出なそうだ。

というわけで、僕は銀の鷹に少しずつ力を入れていく。すると、

「これは……」

驚く結果が出た。

恐ろしいまでに体に負担が無いのである。

強弱も思いのままで、自由自在に次力を扱えているのだ。

なんでも出来るような気がする。

「……もしかして、この鷹を動かしたりとか出来るかな？」

さすがにそこまでは——と、半信半疑ながらに操ろうとしてみると、なんということか動いてしまった。

固まっていた翼をバサリとはためかせ、そして、銀の鷹は空へと飛び立った。

「……ははっ」

思わず笑ってしまう。

凄い、凄い凄い凄い凄い！

「……綺麗だ」

銀の鷹が大空を舞っている。

月明かりに反射して一際に輝くその姿は、良い絵になっている。

※

力の制御が上手く行ったことに、僕はすっかりご満悦になっていた。

もう少しだけ銀の鷹を飛ばしていたかったけれど、そろそろ受付で告げた時間が迫って来ていた。

僕は銀の鷹を肩に止まらせると、宿へと向かう。

と、その時である。

こちらへ向かってくる足音が聞こえた。

現れたのは——この街に入ってすぐの時に、案内をしてくれた052だった。

「えっと……」

「……急で悪いんだが、少し話がしたい」

いきなり現れたかと思ったら、052はそんなことを言い出した。

「大事な話なんだ」

「突然ですね」

「あぁ突然だ。だが、今言わなければならないんだ。出来れば何も伝えず、君らがこの国から出るのを見送って平穏に全てが過ぎれば良いと思っていた。だが、そうもいかない状況になりつつあってな」

「あの……話が見えないのですが」

「俺が今からするのは——君が連れていたあの人形、セルマについての話だ」

052は真剣な面持ちでそう言うと、すぐ目の前の遊歩道に設置されている長椅子に座った。

薄々……セルマとこの国は関係があるのではないかと思っていたけれど、どうやらそれは当たりだったらしい。

これはきちんと聞いた方が良い話だ。

僕は052の言葉を待った。しばしの沈黙を経て、052は口を開く。

「さて……何から話そうか。そうだな、俺をどう思う？」

「どう思う、とは？」

「何か他の人形とは違うとは思わないか？」

どうだろうか……。

こうして改めて接してみると、何か違うような気がしないでもないけれど。

例えば、今この場にいることが変と言えば変。

この街の人形は〝役割〟に固執している傾向があると思う。でも、０５２はそこまで強く〝役割〟に縛られているようには見えない。

真夜中に観光客がこの国に辿り着かないとも限らない。本来であれば、案内中を除いて入り口の付近で待機し続けているべきなのだ。

でも、こうして持ち場から離れて、僕の目の前にいる。

宿の受付の人形なんかは、〝役割〟にやたら固執していて、持ち場を離れるような気配は一切見せなかった。

「何か違う気はします。他の人形は〝役割〟に対して強迫観念じみた遵守精神があるようですが、０５２さんはそれが薄そうに見えます。〝役割〟とやらに沿って、街の案内をしてくれましたので、それを守る気持ちはあるのでしょうが、それより上に自由意志がある……とでも言えば良いのか」

「自由意志か……そうだな。それがしっくり来るな。……君の言う通りだ。俺は他の連中ほど〝役割〟には執着していない。で、なぜそうなのかと言うとだな、〝ここ〟に重大な異常を抱えているからだ」

とんとん。０５２は自らの頭を指で叩き、

「そうだな、まず俺が製造された時の話から始めよう。色々と順を追っていった方が分かりやすいだろう」

乾いた笑みを浮かべると、ゆっくりと全てを語り出した。

※

０５２が製造されたのは、五十年ほど前のことだ。

製造されてすぐの時の彼は、他の人形と同じで、〝役割〟を絶対視する存在だったらしい。

しかし、どういうワケか、非常に珍しい異常が起きて、ある時突然に今のような自由意志を獲得したそうだ。

それが丁度三十年前のこと。

異常が出た個体は破棄されるのが決まりだが、製造時でもない限り、適当に〝役割〟を守ってさえいれば気づかれることはまずないということもあって、０５２は上手く今のいままで隠し続けて来たらしい……。

そんな０５２がセルマと出会ったのは、二十年前のことだった。

今とは別の〝役割〟を与えられていた頃のこと。

この時の０５２の〝役割〟は、人形の製造ラインに関わるものだった。

具体的には、製造時にエラーが出た個体を破棄することである。

自身の異常がバレないように、〝役割〟を淡々とこなし続け、異常個体を破棄し続ける日々を０５２は送っていた。

だが、そんなある日のこと。

ある異常を抱えた個体が現れる。

０５２は〝役割〟をいつも通りにこなして破棄して終わり――と、そう思っていたそうなのだが、調書を見て驚くことになった。

その人形に起きていた異常は、なんと０５２に起きていたのと同じであったのだ。

非常に珍しい〝自由意志〟を獲得してしまう異常だ。

自身以外にこの異常を持つ人形が現れるなんて、０５２には信じられなかった。

それぐらい稀有な異常なのであった。

ただ、この人形と０５２にはもともと共通点があった。

二人は〝万能型〟と呼ばれる、全ての役割をこなせるように作られた人形だ。

他の人形よりも複雑な作りで、だからこそ、変わった異常が起きやすかったのかも知れない。

ともあれ、０５２は、自分と同じ異常の個体をそのまま処分は出来なかったそうで。

別の異常であれば、何も考えずに破棄出来たのだが、同じであることにどうしても共感と同情を覚えてしまい壊せず……。

とはいえ、一度異常が出たと判断された個体を、この国に置いてはおけない。

０５２のように後から異常が出たのであれば隠すことも出来るが、製造時に発覚し、調書にまで書かれた個体は無理があった。

破棄した、と虚偽の報告をすることも出来るが、そんなものはすぐにバレてしまう。破棄された個体は部品等を再利用される事になっていて、解体された後もきちんと管理されるからだ。

だから、052はその人形を逃がしてやることにした。

服装を小綺麗にしてやって、人がよく通る国外の街道にこっそり置いた。

その時052は、人形の服に名前を刺繍してあげたそうだ。

名無しの権兵衛では可哀想だから、何か名前をつけてあげよう、と。

もっとも、名前を決めるのには随分悩んだらしい。

そんな経験が無かったからだ。

でも、ひょんな事から名前は決まったそうだ。

まだ観光客が来ていた頃、国を訪れた人がゴミを捨てて行く事があり、その中に、絵本が一つ混じっていた時がある。この時既に自由意志を獲得していた052は、その絵本が処分される前に、興味を持ってちらりと中を見ていて、その時の事を思い出したのだ。絵本の登場人物の中に、セルマというのがいたな、と。

そこから取ったのである。

※

052は自身とセルマの過去を淡々と語り終えた。

まさかこんな事情があったとは夢にも思っていなかった僕は、ただ黙って聞くことしか出来ずにいる。

そして、セルマが送ってきたであろうその後の人生についても、大変だったのだろうな、という想像ぐらいしか出来なかった。

セルマが見つかったのは海中だ。

僕らと会った時には記憶が無かったけれど、それはなぜだろうか？

052の手によって一度街道に置かれた後、誰かに拾われ、一度も目覚めることなくそのまま海に落ちることになったのか。

それとも、一度は動き出したがそれ以降に何かしらの要因でまた記憶を失って海へ、ということなのか。

それは分からないけれど……しかし、普段の明るいセルマからは想像もつかないほどの苦難を乗り越えて来て僕らの元に辿り着いた事だけは間違いなさそうだ。

「……で、その後の話があるんだ。これが君に話したいことさ」

「まだ続きが……？」

「あるんだ。……で、俺がセルマを逃がした後なんだが、一体人形が消えた、ということがすぐに国中に広まった。俺が逃がした事はバレなかったが、事前にこのような事態を防げなかった俺は、異常個体破棄の担当としては相応しくないとして、〝役割〟を観光客の案内に変えられちまった」

「それで……」

「あぁそうだ。俺が観光案内をしているのは、その為だ。まぁいい、話を続けるぞ。で、その後にここの連中はセルマを探し始めて……まぁ見つからなくて、諦めることになったようだった。ここにいないのならどうしようもない、とな。俺は喜んだよ。……だが、セルマは戻って来てしまった。そして、ここの連中はそれに気づいて、破棄するべく動き出した」

まさか——いや、そういえば、ここの人形たちはセルマに対する言動がかなり不穏だった。

ありえる話だ。

「長々とした話になってしまったが……俺が君に言いたかったのは、セルマを連れて早くこの国から出て行って欲しい、ということだ」

052の表情は真剣だ。

今までの状況と照らし合わせれば、辻褄(つじつま)は合っている。

ウソを言っているようには見えない。

「……明日にはこの国から出ようと思います」

出来れば、あともう二、三日ぐらいは休む意味も兼ねて滞在していたかった。

でも、そんなことを言っている場合では無さそうだ。

セルマに危険が迫っているのだから、背に腹は代えられない。

「……そうか。良かった。それじゃあ俺は——いや、そうだな、最後だからもう一つ教えておこう。最初に君がこの国に入った時に、街道整備の〝役割〟が居ない、という話をしたと思うが、実はそれは俺が小細工した結果なんだ。色々とかなり大変だったが、まぁなんとかした。

外に出たセルマが、偶然にも道を見つけて、戻ってくるかも知れない——その可能性を少しでも潰したくてな。お陰で観光客も来なくなったが、まぁ俺たち人形は観光客が来なくても死なないし、その事を気に留めるようなヤツもいないから問題は無い。……と言っても、結局セルマはこうして戻って来てしまったのだから、無駄な努力ではあったが」

「そんな事は……。それにしても、思い切った事をしますね。バレたら、貴方が大変な事になったのでは？」

「その手の危険は、セルマを逃がした時点で覚悟している。そもそも、エラーを含め、俺はここの連中に対して隠し事が多い。どれか一つバレただけでも、廃棄即決定の身の上なんだ。今更一つや二つ隠し事が増えた所で大差はない。それに、そんな事を気にするより、セルマの事を考えた行動をしたかった。……俺はおかしいか？」

「いいえ、そんな事はありません。ただ、親みたいな行動だな、とは思います。親が子の事を考えて動くような、そんな感じと言うか」

「親子？　なるほど、これが人間の親の気持ちってヤツか？　悪くはない感じだな。……さて、俺はそろそろ持ち場に戻る。……セルマの事は頼んだ」

セルマはもう僕らの仲間だ。頼まれなくても、一緒に連れていくつもりだ。

僕が小さく頷くと、０５２は優しく笑んで、ゆっくりと去って行った。

※

翌朝。

ちょっと早いけれど、と前置きをしてから、僕はこの国から出ることを二人に伝えた。

支度を手短に済ませて、お昼になる前には宿を引き払う。

「ところで旦那様」

「うん？」

「その肩の鷹は……」

街の出入り口まで向かう道すがら、肩に止めた銀の鷹について、二人とも全然指摘してくれないなと思っていたらようやくセルマが突っ込んでくれた。すると、アティも気にはなっていたのか、ぴんと耳を張って僕の言葉を待つ姿勢を見せる。

「あぁこれ」

「そういえば、何か買っていたなと思っていたでありますが、まさかこれでありますか？」

「そうだよ」

「隠していたかと思えば、今日になって急に露わにしたのは、何か理由があるでありますか？」

「まぁちょっとね。これが動かせるか気になって。失敗したら恥ずかしいから、結果が出るまで隠してた」

そう――自在に動かせることが判明したから、セルマとアティにも胸を張って見せることが出来るようになったのだ。

「動かせる……？　どう見てもただの銀の置物でありますが」

「まぁ見ててよ」

言って、銀の鷹を飛ばす。一定の高度に達してから、本物の鷹さながらに、大空を大きく一度旋回させる。

「凄いであります」

「ええ。魔術や呪術でもないようですが、一体どのような……」

「私のように、糸を使って操っているわけでもないであります。というか、金属の彫像がなぜ羽ばたくのでありましょうか……」

二人とも驚いていたけれど、それも無理はない。

普通はただの彫像が動くと思わない。

でも動かせてしまうんだよね、これがまた。

「まぁ僕の新しい武器かな」

銀の鷹には次力が籠っているから、攻撃させればそれなりのダメージにはなるハズだ。注ぐ力をかなり抑えているから、【穿たれしは国溶けの槍】のような一撃必殺とまでは行かないけれども……。

と、その時。

「――ハロルド様」

アティの目つきが変わり、警戒を露わにした表情になる。

多数の視線を感じる。

周囲の人形が僕らをじっと見ているのだ。

決して、アティは人形たちの目的が分かったわけではないだろう。ただ、狙(ねら)われている、ということは把握しているようだ。

「旦那様……？　奥様……？」

セルマが僕とアティの顔を交互に見る。まだ視線には気づいていないらしい。

「ところでセルマ」

「はい？」

「……ここに残るのと、僕らと一緒に行くのどっちが良い？」

僕はあえてそれを訊(き)く。

思い出していたのは、人形を見た時に、話しかけに行ったセルマの姿だ。

色々とあってショックではあったろうけれど、もしかすると、それでも本人の胸の内では同じ人形が居るところの方が良いと思っている可能性もある。

門を出た直後に、もう少しきちんと話をしてみれば仲良くなれたのかも……とか言い出すかも知れないのだ。

まぁその、ここが良いと言っても、待っているのは破棄なので、無理やりにでも連れてはいくけれど……。

だからこれは、単に僕がセルマ本人の純粋な気持ちを知りたいだけの問いである。

「……み、見捨てるのでありますか？　い、嫌なのであります！　ここに残りたくないのでありますよ！　ここの人形たちとは仲良くなれないであります！　旦那様と奥様とずっと一緒に居たいの

であります よ！」

「そっか……」

僕は小さく呟(つぶや)く。

無理やり連れていく、みたいなことにはならなそうで良かった。

「さぁそれじゃあ……走ろうか」

「はい」

「ど、どういうことでありますか？」

「後ろを見れば分かると思うな」

僕らの後方には沢山の人形がいた。

皆こちらを見ている。

いや、正確にはセルマを、だ。

僕らが駆け出すのと、人形たちが走り出すのは同時だった。

「さぁ逃げ切らないとね」

さすがにあの数と戦うのはちょっと嫌だ。ザッと見ただけで三桁(けた)はいる。逃げた方が良い。

「な、なんで追いかけられるでありますか！　というか、門が閉まっているでありますよ！」

「うるさいですよセルマ……って、あ、あれ、本当に扉が閉まっております」

街の出入り口の門が閉まっている。入る時は確か、ご自由にどうぞ、みたいな張り紙があって常に開かれているような感じだったのに……。

セルマが外に出ないようにする為に、閉めたようだ。

新兵器の銀の鷹で穴が空くかどうかは微妙だし、かといって【穿たれしは国溶けの槍】は使いたくない。

それでは……どうするべきか？

正解はきっと何もしない、だ。

あそこは出入り口だから、その近くに彼はきっと居る。彼の持ち場はその辺りだからだ。そして、この騒ぎを聞きつければ、必ず彼は助けてくれる。実の子のように思うセルマを連れている僕らを、助けないワケが無いのだから。

「大丈夫。門は開くよ」

「何を根拠に言っているでありますか！　旦那様ご乱心なのであります！」

「ちょ、ちょっと私も不安にはなってきましたが、ハロルド様を信じておりますので」

と、その時。

出入り口の門が開いた。

「ほら開いた」

「開いたであります！」

「あ、開きました……」

そのまま、僕らは人形の国から脱出を果たす。その瞬間、僕は確かに見た。門扉の横から手を振っていた一体の人形を……。

11　積雪

眼前に広がっているのは、初めて見る光景だった。

辺り一面見渡す限りの大海が凍っている。

——氷海。

僕の以前住んでいた北東大陸は寒冷地域だ。

だから、寒い時には河が凍るといった現象が起きることもある。

氷塊の浮かぶ海を持つ地域の存在も聞いたことがある。

けれども、こうして海一面が凍りつく、というのは見たことはもちろん聞いたことすらない。

そもそもここは西大陸だ。

それも、冬という季節がないとも言われている、南端部。

眼前の景色がいかに異常なことなのか、誰に聞かなくても分かる。

「……うわぁ」

「……氷河迷宮の影響なのでしょうか。しかし、それにしても規模が大きすぎます」

息を呑む、という言葉があるけれど、今まさにこの状況にこそ相応しい表現だろう。

氷と陸地の境界線に沿って西進する。

すると、段々と積雪が酷くなっていく。

休めそうな無人小屋や木の洞も見あたらないので、道中はかまくらで暖を取るようになった。

雪で出来ているハズなのに、どうしてこんなに暖かいのだろうか。

ただ進むだけだと、味気ないということもあって、時折休憩を挟んでは雪だるまを作って遊んだりしながら進む。

「一番大きいの作ったであります」

「でっか……」

「これは……」

セルマの作った雪だるまが凄く大きい。

三メートルぐらいあるんじゃないかな、これ。

「先輩も出てくるでありますよ。お洋服作ってあげたでありますのに」

「……」

セルマが鞄の中で丸まっているエキドナに話しかける。

が、返事はない。

蛇用に作られた服を着て、幸せそうにすぴすぴ寝ている。

人形の国でも眠そうな感じだったけれど……蛇だから、この寒さだと、半ば冬眠気味になりつつあるのかも知れないね。

こんな感じの緩いペースで旅は進み、更に何日か経った頃。

凍る海に捉えられた船の数々と、雪に埋もれかけている建物たちが見えてきた。

ちらちらと影を投じる炎が、そこに人々が集まって住んでいる、ということも教えてくれる。

街だ。

※

「見ての通りだ。船は出せない」

街まで着いた僕らは、船着き場の案内所のおじさんに、そう言われてしまった。

「海が海じゃなくなったんだ。どうやって船を動かせっていうのかって話だよ。こちとら産まれてからずっとこの街住まいだが、初めてだこんなの」

「氷河迷宮のせい……ですか？」

「兄ちゃんたち迷宮合衆国あたりから南下して来たんだよな？」

「えぇ」

「そうか。……もうそこまで話が行き渡ってんのか。まぁ交易も完全ストップだし、広まるのも当然か。っつーか出来たばかりの迷宮らしいが、ここまで気候に影響与えるなんて、どうなってんだ」

迷宮が気候に影響を与えることはあるけれど、それは長い年月をかけて。

出来たばかりの迷宮が、ここまで甚大な変化を及ぼすのは、通常では考えられないこと。

らしい……。

断定しないのは、僕はあまり迷宮に詳しくはないからである。

アティから聞いた話とか、旅をしていく中で世間話をしたような時に、聞き齧(かじ)った話を元にしているだけなのだ。

「そういえば、討伐隊がどうのとかいう話も小耳には挟んだのですが」

「あぁ。近隣諸国の兵隊が入り混じった混成部隊がいるそうだよ。この街では見ないが、大橋に一番近い街には沢山いるって話だ。これ以上の話は俺は知らんよ」

おじさんは、やれやれと息を吐くと奥へと引っ込む。

仕事が無いので後は昼寝するそうだ。

僕らは案内所から出ると、のんびりと情報を集める。

しかし、あまり有益なものはなかった。

大橋に一番近い街とやらでないと、分からないことが多そうだ。

※

僕らは街を出ると、大橋に一番近い街を目指すことにした。

その街は、最南西端にあるらしくて、ここからだとすぐには着かないらしい。

幾つかの街を経由して、二、三週間ぐらいの日数は覚悟、とのことだった。

雪が積もるこの景色もだいぶ見慣れた感じになって来ている。

体調に気をつけながら、まったりとしたペースで進む。

すると、途中でセルマが乾いた竹をどこかから持ってきた。

「これで遊ぶであります」

「竹で遊ぶ……？」

「セルマ、一体何を……」

僕とアティが戸惑っていると、セルマは靴の底に竹を巻き付けて、滑り出した。

なるほどスキー板代わりね。

「旦那様と奥様の分も用意するのであります」

「用意してくれるのは嬉しいけど、なんかセルマ元気だね。雪だるまの時もそうだったけど、そんなに遊び好きだっけ？」

「先輩が眠ってばかりなので暇なのであります」

そういうことか。

元々セルマは遊びが好きで、その相手を今まではエキドナがしてくれていた、というわけだ。

で、その遊び相手が最近はもっぱら冬眠気味だから、その矛先が僕とアティに向いている、と。

「なら仕方ないか……」

「ですね……」

というわけで、三人でスキーをして遊ぶことに。

「ははは、すっごい滑るのであります！　この竹ヤバイであります！」

「確かに」

「……うぅ、きゃあ！」

「おっと危ない」

「あ、ありがとうございます」

アティが転びそうになったので、抱きかかえて止める。

スキーは得意ではないようだ。

「……寒い地域にいた事がほとんどありませんので、こういう遊びはあまり得意ではなくて」

意外な不得手が判明した。

なんでも要領よくこなすアティだけれど、苦手なことだってあるのだ。

ここは僕の出番であろう。

北東大陸出身だけあって、雪を使う遊びはそれなりに出来るのだ。

「……じゃあ一緒に滑ろうか」

たまには僕がアティに何かを教える事があっても良いハズだ。

それがスキーってどうなの、という気がしないでもないけれど……。

「ほらくっついて」

「は、はぃ」

アティが転ばないように、ぴったりくっついて、一緒に滑る。

「うう……」

うーん……可愛い。

※

次の街に着く。

ここは元は軍港だった場所らしいけれど……凄く寂れていた。

原因はやはり凍った海。

警邏作業、貨物船・漁船等の警護、海事訓練……あらゆる海軍業務が停止。それに伴い軍人は待機命令。

待機であっても、最初は給与が払われていたそうだが……それもいつまでもは続かなかった。

海軍の資金繰りにも陰りが見え、不払いが始まったのだ。

すると、末端の軍人の離籍が続出し始めた。

仕事が中断したのは構わない。だが、無給であることは受け入れられない。それでは生きていけない、と。

離籍していく人たちの主張は至極真っ当なものである。

海軍上層部もそこは理解していたらしく、離籍していく軍人たちに次の仕事を斡旋するべく奔走しており、この街の海軍関係者は上も下も合わせて姿が見えなくなっていった。

こうして——海軍の消費に頼っていた港の経済は、気がつけば破綻(はたん)寸前。

結果がこのありさまというわけだ。

恐らく以前は活気があったであろう色街のような所も、暇そうな女の人が、看板に肘(ひじ)を立てて頬(ほお)杖(づえ)ついて、

「やっすいよー」

やる気のない呼び込みをやっている。

「……ハロルド様？」

「街の様子を見ていただけだよ？」

「なら良いのですが」

変な勘違いをされてしまったようだ。

話を聞けそうな人がいないか、辺りを見ていたのだけれど、外に出ている人がほとんどいないのだ。

ようやく見つかったのが、色街の呼び込みの人というだけで……。

しかし、軍港だと言うから、何かしらの話を聞けるのではないかと思っていたのだけれど、この様子だと無理そうだ。

やはり、大橋に一番近い街でないと駄目かな……。

※

進路が変わることはなく、氷河迷宮方面へと僕らは進む。

その道中で。

すれ違った行商の人から、少しだけ現在の状況について、話を聞くことが出来た。

「この凍った海はずっと南に続いているだろう？」

「のようですね」

「この氷の上を渡って南大陸に行こうとしたヤツが居たらしいんだが、途中で急激な吹雪に見舞われて、引き返すことになったらしい。……討伐隊がどうにかするまで、大人しく待ってた方がいい」

「大人しく……どのくらい待てば？」

「さぁな。……迷宮執も戻らないって話だし、どうなることやら」

迷宮執……？

前に聞いたことのある名だ。

確か、凄く有名な人だ。

「突然ふらりと現れて、ちょっくら行ってくるって軽いノリで宿の人に言って向かったまんまだと。もう二ヶ月ぐらいにはなるって聞いたかなぁ」

「……二ヶ月ですか？　深く潜るつもりであれば、ありえない日数でもないのでは？」

下層や深層に潜る場合、長期戦になることもしばしば。そんな話をどこかで聞いたことがある気がする。

「俺は探索者ではないからなんとも言えないが、討伐隊の連中の剣呑な表情を見る限り、ありえないんだろ。……まぁなんとなーく分からないでもない。迷宮執っつったら迷宮のめの字も分からない俺でも知ってる名だ。こいつならそんなに時間が掛かるわけがない、ってとこか」

言われてみれば、そうなのか。

確か、単独で迷宮踏破を成し遂げた、生ける伝説とかなんだっけ？

最強は誰かという話になったら、必ず話題に上がる人物でもある、とかいうのも聞いたかなぁ。

それほどの人物なら、二ヶ月という期間が遅いと思われるのも、頷けなくもないのか。

「なるほど。……ありがとうございます」

「いいってことよ」

行商人と別れ、僕らは西へ行く。

更に西へ。

※

そうしている内に、僕らは、いよいよ最西端の――大橋に一番近い街まで辿り着いた。

大橋に一番近い街は、今まで見て来た南端部の中でも、一番に活気があった。

ただ、それは住民によるものではなく、滞在している討伐隊の人たちの多さによって成立しているものだ。

討伐隊の街なのではないか、といっても過言ではない様相である。

中々に物騒な感じではあるけれど……討伐隊がこんなにひしめいているのなら、情報も集まるのではないだろうか。

そう思って聞き込みを始めてみたものの、

「うん？　南大陸に行きたい？　無理だ無理。どんな手段を使ってもな」

「船と氷上が駄目なのは知っているのですが、大橋もですか……？」

「大橋が通れるワケがない」

「え？」

「そもそも、氷河迷宮は、大橋のド真ん中を丸ごと飲み込む形で現れたんだよ」

あるいは、大橋は通ることが出来るのではないか？　という期待を幾らか持っていたのに、迷宮はまさにそこを塞ぐように存在しているという。

完全に八方ふさがりだ。

「……いつかは通れるようになるんですか？　討伐隊と言うからには迷宮を壊すつもりなのでしょうが」

「さぁな」

「さぁなって……」

「そもそも迷宮が壊せるのかどうか、俺にも分からない。方法を知っていそうなのといえば、迷宮執ぐらいだが……」

「その人って確か、戻って来なかったんですよね？」

「そうなんだよなぁ。俺らが知らないうちに迷宮に入っていったとかなんとかで……その後戻って来ないそうだ。迷宮執エドウィンに無理なら俺らが束になったところで、どうにか出来るとも思えない。いやまぁ仕事だから入るけどさ」

――エドウィン。

父親と同じ名だ、とその名前に僕は一瞬驚くが、すぐに首を横に振って否定した。

エドウィンという名は、珍しいものではなく、むしろありふれている。同じ名前の人物など沢山いるのだ。

迷宮という単語が絡むことで、思い起こされてしまったのだろうが……。

僕もどうかしている。

まさか生きていて欲しいとでも思っているのだろうか？

「おっと、そうだ。このチラシやるよ。興味があったら参加してくれや」

討伐隊の男は、そう言って僕にチラシを一枚押し付けて来た。

――氷河迷宮討伐、我こそはと思う者の助力を求む。

そんなことが書かれている。

どうやら、一般にも迷宮討伐の参加者を募っているようだ。

「頭数を増やしたいようなんだよなぁ。……さて、そろそろ俺も帰らなきゃならん。それじゃあな」

そう言って討伐隊の人は踵(きびす)を返した。

僕はチラシを再び見る。

これ参加する人っているのだろうか？

少なくとも僕はそんな気にはならない。腕に自信がある人なんかだと、嬉々(きき)として手を上げるのだろうか？

「ハロルド様？」

「旦那様、いかがなさいましたでありますか？」

「……なんでもないよ」

まぁ、貰(もら)ったチラシのことはさておき、

「取りあえず、しばらくはここに滞在して、少し様子見をしよう。今の状況が改善されて南大陸に行けるようになった時、その情報を最速で手に入れられる場所がこの街だからね」

「私もそれが良いかと」

「旦那様と奥様がそれで良いというのであれば、私も異論はないのであります」

「なら良かった」

迷宮合衆国で稼いだ資金の上乗せ分がここで効いてくる。

待つ、という選択を取っても構わないぐらいには、財布にお金が入っているのだ。

もっとも、お金持ちという程ではないので、あまりに長期にわたれば資金が枯渇する可能性はあ

るだろう。

まぁ、その時になっても、氷河迷宮の影響の改善の目途が立たないのであれば……旅を終わらせることも考える必要があるかも知れないけれど。

その場合、どこか定住する場所を探すことになる。でも、心配は要らない。西大陸は広い。どこか良い所の一つぐらいすぐ見つかる。


……この時の僕は考えてもいなかった。

まさか、自ら氷河迷宮の討伐に首を突っ込むことになるとは、想像もしていなかったのだ。

どうにかして南大陸へ行きたい。

その為(ため)に迷宮をどうにかしないといけない。

そう思う強い動機となったのは、アティが南大陸へ向かう理由を知ったことだった。

※

「雪だるまー」

街角で遊ぶとある女の子を見たのは、自由行動を取って、僕が一人で街中を散策していた時だ。

木の枝を差して腕にして、柊(ひいらぎ)の実をつけて目を模している。

「……なぁに？」

じっと見ていた僕に気づいた子どもが、そんなことを言ってくる。

「いや……なんでもないよ。それより、一人なの？　友達は？」

近くに同じくらいの歳の子どもの姿が見えない。

この子は一人で遊んでいるのだろうか？

「一人だよ」

「そっかぁ……。この街の子？」

「うーうん」

子どもは首を横に振ると、

「……おとうさんと一緒にきたの」

「お父さん？」

「うん。めいきゅーに入るんだって」

あぁなるほど。

討伐隊の人の子なのか。

にしても、こんな所まで連れて来るなんて、何か事情でもあるんだろうか。

「お家にはいなくていいの？」

「あのね」

「うん」

「私がいないとね、おとうさんがひとりぼっちになるから、だから一緒にきたの」

子どもに心配されるような親なのか……。

討伐隊の人のようだけれど、かなり華奢な感じなのかも知れない。

「……じゃあお父さん大事にしないとね」

「うん」

子どもは頷くと、ぺたぺたと再び雪だるまを作り始めた。そして、なぜか僕に木の枝を渡してくる。

「これでお手て作るんだよ？」

一緒に遊べ、ということかな。まぁいいけど……。

「はいお手て作って」

「ここに差せばいいの？」

「うん」

ふんす、と鼻息を荒くして命令してくる。

大人を顎で使おうとは、中々に怖いもの知らずである。

と、そうして一緒に遊んでしばらくすると、熊みたいに大柄な男がこちらにやってきた。

「何をやっているんだい、アリーシャ」

どうやら父親らしい。アリーシャがニパッと笑った。

「あそんでた」

「すみませんうちの子が……」

「だ、だってぇ……」

「アリーシャ！　なんて失礼なことを言うんだ！」

　僕の心理は別として、状況は的確に察していたわけだから、「相手のことを察してあげられる子になりなさい」という父親の教えを、ある意味できちんと守っていたとも言える。

　暇は暇だったけれど、でもそれはあくまで〝待ち〟の状態だから、というだけである。

　にしても、子どもというのは敏感だし素直だよね。

　ちょっと……その図星は止めて欲しい。

「このおにいちゃんひまそうだったもん」

「……いいかいよくお聞き。大人は暇じゃないんだよ。お仕事の途中だったかも知れないし、何か用事の最中だったかも知れない。アリーシャが遊びたいからって、巻き込んでは駄目なんだ。人の気持ちが分かるようになりなさいと、相手のことを察してあげられる子になりなさいと口を酸っぱくして言っているだろう？」

「ちがうもん。いっしょに遊んでただけだもん……」

「……見た所、どうやらうちの子と遊んで頂いたようで、すみません。……アリーシャ、大人に迷惑をかけたら駄目だと、お父さん毎日のように言っているだろう」

「通りすがりです」

「全くお前は……。おや、あなたは？」

「いえ、気にしておりませんので。それより、討伐隊の方だとお見受けするのですが……」

「えぇ、私は討伐隊の一員ですが」

「子どもを連れて来るなんて、何か事情でもおありなのですか？」

「……大きな事情があるわけでは。ただ、妻に先立たれ、この子の家族はもう私だけ。預かって頂ける所もあるにはあるのですが、やはりこの手で育てたいのですよ。自分の目の届く手元に置いておきたいのです。……ほらアリーシャ、『ごめんなさい』は？」

「ごめんなさい……。これあげゆ」

アリーシャは、ポケットの中から、柊の実を差し出して来た。

お詫びの品ということらしい。

僕は本当に気にしていないけれど、これは受け取った方が良いのだろうね。

でないと、アリーシャがもっと怒られてしまうかも知れない。

この人は優しい父親だ。

アリーシャが最後に言うことを聞いて「ごめんなさい」したのも、きっと、だからだろう。そんなお父さんからは怒られたくないよね。

「ありがとう」

「ううん」

「やれやれ……。本当にすみませんでした。アリーシャ、帰るよ」

「うん！　ねぇおとうさん、今日は夜ごはんどーするの？」

「そうだなぁ。お父さんが作ろうか……」

「おとうさん作ったのおいしくないから、や」

「えっ……」

アリーシャは、父親と手を繋(つな)いで、にこにこしていた。

大きな影と小さな影が一つずつ。

夕日に照らされて映されて、そして雑踏に紛れて消えて行った。


仲が良い親子だ。

僕には縁が遠い光景だった事もあってか、羨ましいなと思った。

12　氷河迷宮

幾日かが経過しても、街並みには代わり映えがなく、来た頃と同じようなままだ。

討伐隊の人たちばかりが目に映る。

氷河迷宮……討伐の目途は立ちそうなのだろうか？

外に出て、討伐隊の人を適当に捕まえて話を聞いてみると、「そろそろ本格的に迷宮に乗り込む予定ではある」と言われた。

募集で集まったのも含めて、ある程度の人数が揃ったらしく、動き出すようだ。

明日の早朝、空が白み始めるより前に隊列を成して入宮とのこと。

いよいよ、といった雰囲気が街全体に広がっていた。

妙な緊張感や緊迫感がある。

氷河迷宮が討伐出来れば、いずれは南大陸へ行けるようになるだろう。

もっとも、成功するかどうかは未知数だ。

ともあれ、色々と話を聞けたので、一旦はここまでとして僕は宿に戻った。

すると、何もする事が無くて暇だったのか、アティが窓にお絵かきしていたところに出くわす。

窓に息を吐きかけて白く曇らせて指を滑らせ、男と女と、その間に子どもが一人いる絵を描いていた。

絵の中の人物はみんな笑っている。

「何を描いているの？」

「家族の絵です」

実の両親のことでも思い出しているのだろうか？

この絵は父親と母親、そしてアティを描いたものなのかも……。

そういえば、アティの実家のことや家族のことは、詳しく聞いたことが無い。

僕の両親については、以前に聞かれて、少しだけ触れた時もあったけれどね。

「その絵はご両親と自分を描いたもの？」

「これは私と……いえ、なんでもありません。とにかく、両親を描いたわけではないです」

「……そうなんだ。ところで、聞いたことがなかったけれど、アティのご両親って」

「目と鼻の先の南大陸にいます」

「——え？」

僕は素っ頓狂な声を上げる。

今すごく重要なことを言われたような……。

変な声を上げた僕を見て、アティは驚いたように目を丸くし、それから苦笑する。

「……そういえば、まだお伝えしておりませんでしたね。機会があればそのうちにお伝えしようと思っていたのですが、気がついたら口にしないままここまで辿り着いてしまいました。……実は、私が南大陸に向かいたかったのは、そこに故郷があるからです。長らく戻っていませんでしたので、久しぶりに家族の顔も見たいな、という気持ちもありまして」

ここに来て、アティが南大陸に行きたいと言った、その理由が判明した。

いずれ話してくれるだろうと僕も聞かずじまいで、そのうちに忘れてしまっていたけれど……。

なるほど。

家族に会いたいから、南大陸に行きたかったんだ。

「……思えば、このお願いは出会ったばかりにしたものでしたね。その頃から、私の我侭(わがまま)をここまでお聞き下さって、ハロルド様には感謝しかありません」

「そんなことはないよ。……それより、それなら南大陸にどうしても行きたいよね」

南大陸に行けないのであれば、それならそれで構わなくて、旅はここで終わりでも良いかも知れないとか、そんなことを僕は考えていたけれど……。

家族は大事だ。

幼い頃に親をどちらも失った僕だからこそ大切さが分かる。

生きているのなら、会いたいと思ったのなら、会うべきだし会わせてあげたい。

「……会いたいことは会いたいです。言い出した当時は思うところもありましたから。ですが、今は少し違います。駄目なら駄目でそれは仕方がないと受け入れられます。きっと、凄(すご)く大切なものが私の内側に芽生えたからでしょう。……ですから、旅がここで終わりになっても、それでも私は満足です。これ以上を望んでしまったら、きっとばちが当たります」

それは本心だろうか？

アティは僕に気を使うことが多い。

南大陸に行けなくても満足というのは、僕が重く捉えずに済むように言っているだけで、本当は違うかも知れなかった。

なんとか南大陸に行く方法はないだろうか？

そうは思うものの、しかし、海も大橋も渡ることが出来ない。

今はただ、明日未明にも出発する討伐隊の結果を待つしかなくて、それをとても歯がゆく思う。

もしも討伐隊が壊滅なんてことになったら、南大陸へ渡る手段は完全に潰えてしまう。各国が編成した討伐隊でどうしようもないのなら、もう打つ手はないだろう。

――南大陸に行けないのなら、無理はせず旅はここで終わり。

先ほどまではそう思っていたけれど、今は少し違う気持ちだ。

僕にも何か可能性が上がるようなことが出来ないだろうか？

そんなことを考えてしまっている。

ふと、以前に討伐隊の人から貰ったチラシのことを思い出した。討伐隊に加わりませんか、というアレだ。

僕の力は微力かも知れないけれど、それでほんの少しでも可能性が高まるのなら、動かずにはいられない。

気がつけば、僕はこっそりと準備を始めていた。

知られないようにしたのは、僕の気持ちを伝えたとしても、そこまでしなくて良い、ときっとアティが言うからだ。

ここで終わりでも良いとお伝えしたハズですと、恐らく僕に気を使ってくる。

もしもそう言われてしまったら、僕は悩んでしまうだろう。

そして、悩んでいるうちにも討伐隊は出発する。

だから……誰にも言わずに、こっそりと行くのだ。

もっとも、アティは〝しるし〟が使える。

僕が居なくなれば、気づいて後を追ってくるかも知れない。

対策はある。

確か前に〝しるし〟を消す方法をアティがぽろっと言った事があった。

『柊の実を食むことで、効果が消えます』

「柊の実……」

僕はそれを持っている。

ポケットに手を突っ込むと、そこに柊の実はあった。

アリーシャから貰ったものだ。

偶然が上手(うま)い具合に重なっている。

行け、と言われているような、そんな気さえしてくる。

「……」

柊の実を食む。

これで、〝しるし〟は消えたハズだ。

※

深夜。

出発まであと二時間程度。

そんな直前に討伐隊に加わる旨を伝えたにも拘(かかわ)らず、「ギリギリ過ぎるだろ」などと言われることもなく、快く受け入れて貰えた。

「こっちだ」

隊は二種類に分けられるそうだ。

各国から派兵された人たちと、それ以外である。

僕は後者に該当している。

仲間になる人たちを確認してみると、当然だけれど、統一性はほぼ無いと言って良い感じであった。

方々の迷宮探索者たちが、たまたま一堂に会しただけ、みたいな雰囲気である。

何か世間話でもして打ち解けたいところだけども――と、そんなことを考えていると、肩を叩かれた。

なんだろう。振り返る。すると、そこには懐かしい顔があった。……セシルだ。

「やっ」

「なんでここに……」

「いやー色々あってね。お爺ちゃんに聞いた方が早いと思うけど」

肩を竦めながら、セシルがさっと上半身を反らすと、後ろからヴァレンが姿を現した。

「おお、若人ではないか」

「お久しぶりです。……えっと、どうしてこんな所へ？」

「頼まれた……ですか？」

「頼まれたからじゃな」

「そうじゃ。若人たちと別れたあと、ワシらは北へ向かった。そこにワシの知人がおるからだ。じゃが、着いてすぐに、どこからともなく『元剣聖とお見受けします。お願いがありまして……』などと言い出すヤツが現れおって」

元剣聖ともなれば、どうやら大陸を越えても有名らしい。

「ワシらは西大陸には長く居るつもりをしている。なればこそ、無視も出来ん。先代剣聖は冷酷なヤツ、などという悪評を立てられても困る。取りあえず一発恩でも売っておこうかと思うてな」

ヴァレンからすれば、氷河迷宮が云々は、降って湧いた面倒ごとでしかないのかも知れない。

でも、居てくれることで僕は少し安堵していた。

だって強いからね。

「にしても、若人もワシらの知らんところで色々とあったようじゃな」

「……え？」

「その鷹」

ヴァレンが僕の肩にいる銀の鷹を指さす。

――あぁこれか。

これは人形の国で手に入れたものだから、ヴァレンたちが知らないのも当たり前だ。

「これ飛ばせるんですよ」

「ほほう。中々面白い特技を見つけおったな」

「本当に？　ちょっとやってみせてよ！」

少しだけ銀の鷹を羽ばたかせると、セシルが一際喜ぶ。

感情を素直に表に出すところは、以前と何も変わっていないようだ。

「ところで、若人よ。連れはどうしたのだ？」

「あーそういえばアティちゃんいないよね」

「喧嘩別れした、というわけでもあるまい。そのような事にはならん仲には見えておったしな」

一人で来ていることに違和感を持たれてしまった。

僕はどう言おうか迷った挙句に、「アティは宿で寝ています」とだけ答えた。

ウソではない。

ただ、僕がこっそり来ている、ということまでは言わなかっただけ。

もっとも、今でも一緒に旅をしているのなら、それこそ余計にどうしてここに一人で来ているのか、という疑問も抱かれてはいたと思う。

しかし、ヴァレンもセシルも「そうか」「そっか」と言うだけに留め、それ以上は突っ込んで聞いては来なかった。

※

先に迷宮に入って行ったのは、各国から派遣された兵たちだった。

僕らその他の集団は後からついて来るように、とのこと。

鉄砲玉みたいな扱いをされる可能性も考えてはいたけれど、その心配はないようだ。

それどころかむしろ気を使ってくれたようで、その他組の僕らが、せめて見た目だけでも統一感が出るようにと、えんじ色のコートの支給までしてくれた。

気密性が高いらしく、役に立つだろう、との事だった。

さて……大橋を渡り、その中ほどの辺りで、氷で出来た巨大なお城が見えて来た。

あれが氷河迷宮らしい。

討伐隊の先頭が中に入り、それを追いかけるようにぞろぞろと中に入る。

まだ日も昇っていない時間で、大した明かりもないというのに、迷宮の内部は妙にハッキリと周囲が確認出来た。

迷宮光の類ではない、別の何かが作用している感じだから、尚更に驚く。

「……どういう現象なんですかね」

「それじゃろ。ほれ」

ヴァレンが剣の鞘で指した先には、氷に反射した月があった。

曰く、月明かりを氷が乱反射しているから、このようになっているそうだ。

「氷――それも透明度の高いもので出来た迷宮でしか味わえん景色だのう」

「ははぁ……」

「まぁ表層だけじゃな。下に行けば行くほど月明かりも届かなくなる。まぁ心配はいらんが。月明かりが届かなくなる辺りになると、迷宮光が目立ち始める」

「……色々知っているのですね」

「……前に言ったことなかったかのう？　ワシも迷宮を知らんワケではない、と」

言われてみると、そんな事を言われた事があったような気もする……。

帝国の情報とか大事なことは覚えているんだけど、小さなことは意外と抜け落ちていたりとかするかも……。

と、そんな会話をしながら進んでいると、急に前方の人たちの動きが止まった。

戦いの音が聞こえ始める。

どうやら魔物と遭遇したらしい。

ここまで来てようやく、迷宮に入ったのだな、という実感が湧いてくる。

気を引き締めよう。

「どうせまだ弱いのしか出ないでしょ。なーにそんな真剣な顔をして」

「若人を見習えセシル。小さな気の緩みが大事を起こすこともあるのだからな」

「はいはーい」

「まったく」

※

迷宮を進む。

最前線の兵が魔物を処理してくれるお陰で、今のところ僕らが戦うような事態は何一つ起きていない。

一応警戒だけはしているけれど、暇は暇だ。

セシルなんか欠伸(あくび)して――あっヴァレンがゲンコツ食らわせた。

「い、痛い……」

「気を緩めるな、と言ったハズじゃ。……まったく」

ヴァレンは後頭部を掻く。やれやれ、といった表情である。

まぁでも、セシルの気持ちも分からないでもない。

こういう、何もしなくて良い、みたいな状況はそれはそれで不安になるものだ。

「……ところで」

「なんじゃ若人」

「今になって気になったのですが、討伐隊と言うからには、迷宮を破壊することが目的なのだと思うのですが、それって可能なんですか？　迷宮を破壊するなんて、聞いたことがないので……」

「……可能じゃよ。迷宮の最深部には核と呼ばれるものがあるのだが、それを破壊すれば良いのだ。さすれば迷宮はその機能を停止する。今回のような氷で作られたものであれば、機能停止に伴い、迷宮そのものも溶けて無くなっていくじゃろうな」

「……そんな風になっているんですね」

「へぇ……」

僕とセシルは感心して頷く。

なるほど、壊せなくはないようだ。

「まぁ一般には知られておらん。迷宮が破壊出来るというのは。……万が一にも迷宮を破壊されることを嫌がる国が多く、お偉いさん連中が躍起になって隠しておるからな。……今回各国から派兵されてきた連中でも、知っているのはごく一部であろうな」

「……なぜ隠すのですか？」

「迷宮が機能を失うということは、そこで生まれる宝の類も消え去る、ということ。管理運用することで経済活動に寄与させているのに、どうしてそれを失わせる方法を周知させようか」

壊されない限り、常に一定の経済効果を生み続けるのが迷宮だ。

それを破壊されたくないのは、国家としては至極当然の心情のようには思える。

「まぁワシは広めても良いと思うがのう。迷宮の最深部に辿り着くには、今回のように大量の人員を割くか、あるいは極めて強力な個に頼らざるをえない。どちらもそう簡単に用意出来るものでもなければ、成れるものでもない。……それに、仮に最深部に辿り着いたとて、そこで終わりではないのだ。最後の難関もある。容易には核も破壊など出来ぬなぁ」

「最後の難関、ですか……?」

「迷宮核を守る魔物を倒せるかどうか。……迷宮核を守っているのは、その迷宮内で最も戦闘能力に優れた魔物じゃ。こいつが滅法強いものでな。……ワシが剣聖と呼ばれるようになる少し前、まだ若い頃に結構な数の仲間と共に興味本位で戦いをしかけたことがあるが――ワシ以外全員死んだな」

「えっ……」

「結構ギリギリだったのう。仲間たちが削ってくれたお陰でワシも勝てたが、最初から一人だったら負けておったな」

ヴァレンが迷宮の破壊の方法を広めても良い、と言った理由が僕には分かった気がした。

仮にその方法を知ったとしても、それだけでどうこう出来るものではないと、実際に経験した身だからこそ分かっているのだ。

周知させたとて何も問題は無い、と。

ところで……途中からセシルの気配が消えていた。

いつの間にか離れている。

話が複雑になりかけたから逃げたっぽいね。

「……」

ふと、僕は後ろを振り返る。

アティが追ってきていないか心配になったのだ。

しかし、そのような気配は一切なく。

どうやら柊の実はきちんと効果があったらしい。

※

数日が経った。

月明かり、あるいは日の光を氷がいくら乱反射したとしても、もはや届くことはないほどの深さに僕らは到達していた。

代わりに明かりとなったのは、いつからか現れていた迷宮光だった。

雰囲気が少し変わりつつある。

不気味な感じが纏(まと)わりついてくる、というか。

先頭から聞こえる戦いの音も長引くことが増えており、出現する魔物の強さが上がってきていることも分かる。

「……今どのぐらいの深さなのでしょうか」

「今の深さ……普通の迷宮であれば、中層の半ばぐらいといったところか」

「まだそんなものなんですか……」

「うむ。確かにあまり進んでおらんが……それは仕方あるまい。大所帯がゆえに、所々での確認にも手間が掛かるものじゃ」

一定時間進むと、長めの休憩が入り、そして体調の確認なども入るようになっていた。

何かしらの毒や病にかかった場合、周囲の人間への影響も懸念されるから、だそうで。

あまり進んでいないように感じてしまうのは、そうしたことにも時間を取られるからだろう。

仕方のないことではあるけれど。

ざっと見ただけでも、討伐隊の総数が五百名は超えているのだし。

※

——そろそろ下層が近づいている。

ヴァレンからそんな話をされた頃には、後方からも魔物が出てくるようになった。

今も丁度薄氷を纏った狼の魔物がこちらに駆けて来て――真っ二つになる。

セシルの一閃だ。

相も変わらず速く綺麗な一撃……と、傍で見ていた僕は思ったのだが、ヴァレンにとってはそうでもないようだった。

「体幹にブレがあるのう。その体の細さが原因か。筋肉がつかねば体は安定せん」

「私は技巧派だから……」

「力なき技は曲芸と変わらん。それに技巧とやらも全てワシ以下だろうに。……もっと太れ」

「太りにくい体質なんだってば。お爺ちゃんも知ってるでしょー」

「あやつに似た面倒くさい体質しおって」

「お父さんのこと？　なんか筋肉つきにくいんだっけ？　剣聖になるのも凄い努力したって言ってたなぁ」

「……まぁどうしようもなかろう事ではあるんだがの。あやつというより、線の細さは婆さんの血か。……とにかく、努力しなければ辿り着けぬのなら、すれば良いだけ。それを出来るか出来ぬかが分かれ道になる。あやつは見事成し遂げた。それだけのこと。お前はどうするのだ」

「……うーん。強くはなりたいけど、別に私は剣聖になりたいわけでもないからなぁ」

「何か勘違いしとりゃせんか？　剣聖とはただの肩書だ。それ以上でもそれ以下でもない。あやつが剣聖となったのは、強うなるという目標を成し遂げたその後にくっついて来た肩書を受け止めたからでしかない。剣聖に至る為の鍛え方などあるわけもない。ただ、己の足りぬ部分を補い伸ばし続けた結果の副産物として名があったというだけじゃ」

「なんか哲学みたいな話が始まった」

「哲学する元剣聖とはワシのことよのう」

「初めて聞くんだケド、それ」

そんな二人のやり取りを耳で捉えつつ、僕は周りにいる他の人たちの様子を眺めていた。

派兵されて来た人たちは、装備だけではなく、行動にも統一感や連帯感がある感じ。

しかし一方でその他集団は……最初の頃のまま、バラバラだ。見た目だけは支給されたコートのお陰で統一感があるけれど、行動は各々が自由に決めている。

と、そうやって見ていると、僕はあることに気づいた。

その他集団は亜人の比率が高いことに。

特に犬のような獣の耳を持つ人が多くいる。

「ん？　なんだオメー」

見ていることがバレてしまった。

観察していました、などとはまさか言えないので、僕は適当な言葉を口にする。

「いや、どうして参加したのかなって思って……」

「なんだそんなこと聞きたかったのか。なら見てるだけじゃなくて話しかけてこいや。……そうだな、どうしてって……理由は色々だよ。俺は犬の亜人だからな。寒さに強ぇ(つえ)からちょうど良いってのもあるし」

亜人の体質は種族ごとに違うらしく、犬の亜人は寒さに強い傾向にあるそうだ。

耳はふさふさしているし、少なくともそこは暖かそうではある。

「あとは、こういうのに参加すると顔が売れる。評判の向上にも繋がりやすい。……そこそこ金貰えるからってのもあるな。募集の紙の下に書いてあったろ」

え？　そんな記述あったっけ……？

「なんだオメーその顔。知らねぇのか？　金一封出るってよ。ついでに中でお宝見つけたら持ち帰って良いそうだし。こんな大人数で安全に下まで行けるなんて中々無い機会だ」

「そうなんだ。チラシきちんと見てなかった……」

「……条件を確認もしないで参加してるオメーが理解出来ねぇわ。てかなんだその肩の鷹。それになんかやたら強そうなジジイと娘っ子とよく一緒にいるよな？　もう全体的に謎だわ」

傍から見たら、確かにその通りである。

まぁでも僕の場合は目的がそこにあるわけではないからね……。

南大陸にアティを連れていきたいからであって、顔を売るとか金一封が目当てではないのだ。

※

下層に入ってから、進行のペースは限りなく牛歩に近くなり、日数も嵩んでいくようになって犠牲者も出始めるようになった。

「ふむ。たかが下層でこのザマか。あまり腕の立つ者はおらんようじゃな。どこの国も派兵するのなら一番強い奥の手連中を出さんかい」

ヴァレンが困ったような表情で言う。

下層をきちんと進めているだけでも、本来であれば凄いことではないかとは思うのだが……。

いくら人数がいるとは言え、烏合(うごう)の衆ではここまでは来れないだろう。

しかし、ヴァレンの言うことも分からないではない。

下層は終わりではなく通過地点でしかないのだ。

まだ深層が残っているうえに、迷宮核を守る魔物とだって戦う必要がある。

この段階で躓(つまず)くようでは先が思いやられるのはその通りだ。

「最後はまず間違いなくワシの出番になりそうじゃ。仕方あるまい」

言葉とは裏腹に、心なしか嬉(うれ)しそうな表情に見えるのは気のせいだろうか……？

ヴァレンは頼まれて討伐隊に参加した、という話をしていたけれど、実は戦う場を求める気持ちもあったのではないか。

理性的には見えるものの、たまにヴァレンも怪しいところがあるんだよね……。


さて、こうした会話を経てから、しばらく進んだ頃だ。

ある時から妙に進行のペースが速まる。

魔物が軒並み倒されている上に、罠(わな)の類も全てが解除されているらしく、あとは進むだけというお膳立てのされた状態となっているそうなのだ。

戦闘はただの一度もなく、そのますいすいと深層も通り抜けることが出来てしまい、あっという間に最深部の近くまで辿り着いてしまった。

一体何が起きているのだろうか……。

先頭が見た時には、既に死んでいたという魔物を見て、ヴァレンが言う。

「的確に急所への一撃のみで倒しておる。仲間割れで争って出来る傷でもない。誰か先客がいるようじゃな。それもかなりの手練れだ。下層はともかくとして、深層の魔物までこのやり方で倒すなど信じられんな」

先客……それもかなりの手練れ……思い当たる人物となると迷宮執がいる。

けれども、彼は戻って来ず、つまりもう死んでいるのではないか、という話でもあった。

どういうことだろうか、と怪訝に思っていると、休憩時に犬の亜人が話しかけて来た。「なんだオメー」の人である。

「おい、オメーおかしいと思わないか」

「……魔物が既に倒されていたり、罠が解除されていること？」

「そうだ。しかも、魔物に関しちゃあ倒されてからそんなに間がねぇ。……迷宮執がこの迷宮から戻って来ねぇって話は聞いたことあるか？」

「それはあるけど……」

「まだ中に居るんじゃねぇか？」

「まさか」

こんな簡単に下層や深層の魔物を狩れるのであれば、迷宮を壊すことも容易に違いない。何の為に残る必要があるのか。

けれども、完全には否定しきれない部分もある。

魔物が倒されてからそんなに日が経っていないからだ。

最近まで誰かがいた事になる。

この迷宮に入ったという情報があり、かつこんな芸当が出来る人物は誰かとなると、迷宮執(めいきゅうしつ)以外にはいないだろう。

「……」

「残ってるとしたら、なんでなんだろうな」

「本人ではないから分からないよ」

「そりゃそうなんだが」

と、その時、休憩終了の合図が出た。

これが最後の休憩になるそうで、後はノンストップで最深部へ、とのことだ。

もう目と鼻の先らしい。

13 迷宮執

迷宮核を守る魔物がいる、という話を事前にヴァレンからされていたので、僕もかなりの緊張感と警戒心を持っていた。

のだが、予想していたような激闘が起きることは無かった。

討伐隊数百名がゆうに入れるほどの広間のような場所、そこが最深部であり、そして待ち構えていたのは……こちらに背中を向けて佇む、黒い甲冑に身を包んだ一人の男だった。

周囲の氷には幾つもの大穴が空いている。

魔物の姿が見えないのだが、まさか、この男が既に倒したのだろうか？

男の甲冑の一部であったであろう兜が、激闘の跡を教えてくるかのように、破損したまま氷の上に転がっている。

「貴様何者だ！」

討伐隊の誰かが叫ぶ。

すると、男はゆっくりと振り返り――

――僕は目を見開いた。

幾分か老けているものの、確かに歳を重ねてはいるものの、見間違えることはない。

あれは僕の父――エドウィンだ。

「うん？　俺か？　……おっといけねぇ。まさか誰か来ると思ってなかったもんで、兜を転がしたままだったな。壊れちまっているが、まだ顔を隠すぐらいは出来るだろう」

言って、父は兜を拾うと被る。

まだ下顎は見えている状態だが、顔の全体像はもう掴めなくなった。

「……さて、俺が誰かって話だったか？　呼び名は俺の知らねぇ所でも勝手につけられているようなんで、俺が知ってる中でになるが……そうだな、古いのとか別の大陸での呼び名じゃ分からねぇだろうから……ここ十年で新しくつけられた中で一番よく聞く〝迷宮執〟ってのだと伝わるか？」

周囲がどよめく。

戻って来なかった、と言われていた迷宮執その人だと言うのだから、無理もないことであった。

しかし、この中で一際言葉を失っていたのは、他の誰でもないこの僕だ。

迷宮執が父であったなんて、想像もしていない。

死んだものとばかり思っていたから……。

まさか生きていて、別の大陸でこんな事をしているなんて、分かるわけもない。

「エドウィン……」

ヴァレンが、まるで見知っているかのように、父の名を呼んだ。

僕は父とヴァレンを交互に見る。

「……はっ。元剣聖も暇になったもんだな」

「お主……消息が掴めぬと言われて久しいこともあって、死んだとばかり思っておったが、生きておったか。……呼び名を方々でころころ変えるでない。それを統一しておれば、他の者も生死の判別を付けられようというものじゃ」

「勝手に殺すなや。あと呼び名は勝手に他の連中が決めてんだよ。俺に言ったって解決するわけねぇだろ。……ともあれ、俺はもう帰るぜ。ここのは違ったようだしな」

よく見ると、父は水色に輝く球を持っていた。

それは……。

「……迷宮核ではないか」

「出来たばかりの迷宮っつーから、一見して違くても、迷宮内で時間を置けばあるいは変化するかとも思って待ってはみたが、何もねぇや。俺の欲しい核じゃねぇ。……暇つぶしにここの魔物潰すのも飽きたしな。――こいつはもう要らねぇ」

水色に輝く玉――迷宮核を父は握り潰した。幾つかの欠片に分かれた迷宮核は、氷の床の上に飛び散る。

「……な、なんということを。核を壊すのは外に出てからじゃろうに。ここで壊すなどとは正気か？」

「早く逃げた方がいいぜ」

言って、父は衆人環視の中を悠然と歩き……ふと、僕を一瞥して鼻で笑うと、左目の下を指でぐりぐりと押した。な、なんだ。

「……その鷹。なるほど自分なりの扱い方を覚えたか。だが、そこに辿り着く前にだいぶ使ったな？　こっちの目がおかしくなってんのは、そういうことだろう。まぁ良い……今回限りだぜ。才能ねぇんだから、もっと要領よくやれや」

その言い方……もしかして、僕が息子なのだと気づいて？

その真偽を確かめようと、僕は声を掛けようとして――しかし、父は急に陽炎のように消えた。

「な、なんだ？　迷宮執が突然消えた……？」

「ど、どういうことだ？」

「魔術か……？」

いや、魔術ではない。父は魔術を使えない。

ではあれは何か？　……恐らく次力の応用だ。この力はとても汎用性が高い。銀の鷹を動かせた時点で実は僕はそのことに気づいていた。

やりようによっては、恐らく魔術にも似たことが出来るのだ、と。

銀を通さないと負担なく使えない僕では、その域までは辿り着けないかも知れないが、父は違う。素のままでほぼ完璧に次力を扱えている。

きっと出来るハズだ。

だから、今消えたのも、そうした使い方のレパートリーの中の一つなのだと推測出来る。

瞬間移動なのか、それとも姿を消すだけなのか……。

あれは僕も見せて貰ったことがないから、実際の効果が何なのかは分からないけれど。

――と、その時。

迷宮が大きく揺れた。

「な、なにが起きたのっ？」

今回ばかりは空気を読み黙っていたらしいセシルであったが、迷宮の異常に声を上げた。

「いかん！　全員早う脱出じゃ！　まだ何日かは持つじゃろうが、そのうち完全に瓦解する！」

ヴァレンが叫ぶ。

その一言に、全員が我に返り、

「逃げろ逃げろ！」

「よく分からんが迷宮はもう崩壊するっぽいぞ！」

父が握り潰したあの球は迷宮核だ。

ヴァレンと父の会話から察するに、通常であれば、迷宮核は外に持ち運んでから壊すものなのだろう。そうしないと、迷宮の崩落に巻き込まれるから。

やりたい放題やる父であることは知っている。

しかし、まさかこういう所でまで周りのことを考えず動くとは、さすがに思ってはいなかった。

ともあれ、急ぎの帰途だ。

他の面々も来た時ほどの慎重さはない。

そんなことよりも、今は急ぐことを要求されている。

体力の続く限り、一気に走り抜けていく。

休憩は一切無し。迷宮を出るまで、寝ずに駆け抜けろ、というのが討伐隊全員の共通認識となる。

どこからか、少しずつ海水が流れ込んで来た。

今はまだ浸水が僅(わず)かではあるものの、ぼうっとしていたら、そのうち洪水にまで規模が発展しそうだ。その時に、迷宮の中にまだ残っていたのなら、呑(の)まれて押し流され、海の藻屑(もくず)となりかねない。

※

深層と下層は、元から魔物が倒され少ない状態であったこともあって、簡単に突破が出来た。

様相が変わって来たのは、中層に戻ったばかりの頃(ころ)である。

ここにはまだ魔物が多数残存していて、それにやられてしまう人たちが出始めたのだ。

来た時とは違い、確認や殲滅(せんめつ)をしながら慎重に進んではいないので、不意を突(つ)かれてしまう人が出て来てしまう。

「しっかりせんか！」

「あともうちょっとだよー」

ヴァレンやセシルが、魔物にやられかける人たちを助けている。

「おいおい、ここで死んじゃあ勿体ねぇぜ」

犬の亜人の人も、意外と良い人だったらしく、肩を貸して怪我人と共に歩もうとしている。

とはいえ……いくら助けようにも、その全てを救うことは出来ない。

倒れた人間を全て抱えて進むのは物理的に不可能なのだ。

ゆえに、重傷の人間は置いていく、という暗黙の了解が一瞬のうちに出来ていた。しかし——僕はその重傷者の中に、ある人の姿を見て足を止めた。

「……うっ」

「だ、大丈夫ですか……？」

見つけたのは、アリーシャの父。

僕に柊の実をくれたあの子の父親だ。

討伐隊の人数が多かったから、気がつかなかったけれど……そういえば、討伐隊の一員なのだと確かこの人はそう話していた。

なら、ここにいても何もおかしくはない。

「き、君はあの時の……」

「今たすけ——」

「——いや、いい。見ろ私の足を」

見ると、アリーシャの父の右足が千切れていた。

「……この足ではもう無理だ。どうにか止血はしてみたが、片足ではやはり満足には動けない」

自力で応急処置はしたらしく、出血はどうにか止まっていたものの、これでは歩けない……。

「君は一人で行け」

「ですが」

「ただ、頼む。娘に伝えてくれ。……一人ぼっちにさせてしまうこと、すまない、と」

苦笑しながら、首を横に振られた。

――ひとりぼっち。

この人を見捨ててしまったら、これから先、あの子は一人で生きていくことになる。

それがどれほど耐えがたいものかを、僕は知っている。

父親が戻って来なかった時、死んだものとしてそれを受け入れるまで――実際は先ほど生きてた事が分かったけれど――ともかく、いつかひょっこりと帰ってくるんじゃないかと、そう思って毎日を過ごしていたのだ。

奔放な人であったし、自分勝手な人でもあって、それは分かっていたけれど……それでも、たった一人残っていた親だというだけで僕の心は平穏ではいられなかった。

「……もうあまり時間がない。早く行ってくれ」

この人とアリーシャと初めて会った時のことを僕は覚えている。

娘と仲が良く、優しい父親に僕には見えていて、だからきっと、居なくなってしまえばアリーシャは僕の子どもの時よりも辛い思いをするハズだ。

羨ましいと思った、あの大きな影と小さな影を守りたいと、そういう思いに今の僕は駆られている。

それに、僕にはこの人を助けるもう一つの理由がある。

――この惨事は、そもそもが、僕の父が起こしたに等しいということだ。あそこで迷宮核を握り潰さなければ、安全に帰れていた可能性が高かった。

僕は自分が迷宮執(めいきゅうしつ)と親子だということを言う気はない。

ただ怒りや困惑を買うだけになるからだ。

周囲の人も、僕が迷宮執(めいきゅうしつ)と何か関係があるとは思っただろうが、親子とまでは分からなかったハズだろうから、黙っていれば知られることはない。

それを示唆する言葉は何一つ出てこなかったから。

けれども、ただ黙っているだけで済ませてしまうには、僕には冷たさが足りなかった。

「なっ、何を……」

「遺言を頼むのではなく、生きて戻ってきちんと『ただいま』と言ってあげてください」

「……」

気がつけば、僕はこの人を背負って歩き出していた。

※

「すまない……」

「いえ、謝る必要はありません」

出口を求めて進む。

しかし、人一人を背負っていることで、各段にペースが落ちてしまっている。

既に先に行った人たちの姿が見えなくなっている。

浸水はどんどん増えていく。

このままでは間に合わないかも知れない。

何か良い手はないだろうか……。

「……っ」

ふと、左目が一瞬だけ痛んだ。

父にぐりぐりと指を押し付けられたせいだろうか？

一体何がしたかったんだ、あの人は……。

「くそっ……」

「どうしたんだ？　まさか、君も怪我をしているのでは……？」

「いえ大丈夫です」

次第に氷河迷宮の融解が加速し、それによって、浸水する海水も比例して増えていく。

この迷宮をマトモに戻ろうとすると、このままでは脱出前に海水で溺死だ。

——アティに会いたい。僕はそう思った。

もともと、この氷河迷宮に来たのは、アティを両親と会わせてあげたくて、その為に南大陸へ行けるようにしたかったからだ。

色々と予想外ではあったものの、氷河迷宮は今現在崩壊している。つまり、南大陸へは行けるようになる。

しかし――ただ南大陸に行けるようになれば良い、というワケでは無い。僕はアティの喜ぶ顔が見たかった。死んでしまえば、それが叶わなくなる。それは嫌だ。

「アティ……」

僕はぼそっと呟きながら、アティと紡いできた今までのことを、走馬灯のように思い出して――ハッとした。

ショバンニたちとの一件で、海底城へ向かった時、アティが作ってくれた泡で海中を移動した事があった。

それで思いついた。

あれと似たものを銀の鷹を溶かして作れないだろうか、と。

注ぎ込む次力を強めれば、恐らく鷹は融解する。そもそも、銀の鷹を飛ばすことが出来るのも、厳密には関節部分をうっすらと溶かして動かしているからだ。

銀は水に溶け込まず弾くので、球にすれば、あの時の泡のように海を移動することが出来る。空気を中に入れた状態で作れば、浮力によって海面にまで出ることが出来るのだ。途中にある氷塊などは、外側に次力を帯びさせれば溶かせるので問題がない。

解決策が分かったのであれば、あとはやるだけである。

僕はまず、海水が流れ込んできている割れ目のある氷の壁を探して、それからすぐに銀の鷹に次力を多量に流し込んだ。

鷹はあっという間に液体銀へと姿を変える。

「この不思議な力は一体……」

「このまま海面まで出ますので」

僕は液体銀で球を作ると、驚いているアリーシャの父を中に押し込み、続いて自分も入り——海水の流れ込む氷の割れ目へ銀をぶつける。

※

完全に浮き切ったな、というところで、液体銀の球の上側に穴を空けて外を覗(のぞ)き見(み)る。すると、僕の予想通りに海面にまで浮上が出来ていたようで、青い晴ればれとした空が見えた。

ついで、周囲を見回す。大橋の上に、完全に崩壊した迷宮が見えた。

「外出れましたよ」

と、声をかけると、アリーシャの父もそおっと顔を出した。

「本当だ……。おおっあの街は」

どうやら、良い感じに潮の流れに乗れたらしく、見覚えのある街が見えて来た。

大橋に一番近いあの街だ。

良かった……。

まかり間違って南大陸側に着きでもしていたら、アティたちと合流するまでに時間が掛かりそうで、それは少し疲れる。

潮の流れは順調だ。

まもなくして、銀の球は近くの浜に打ち上げられた。

※

「おとうさん……?」

「ははっ……『ただいま』」

「あれ、なんであんよが片方ないの……?」

「これは……ちょっとね……」

「いたいのいたいのとんでゆけー」

アリーシャはそう言うと、ポイポイ、と見えない何かを手で払いのけるような仕草を見せた。

僕は、困ったような顔をしたアリーシャの父を、ゆっくりと椅子に座らせる。

「……アリーシャ。お父さんはね、大変な目に遭ったんだ。でも、このお兄さんが助けてくれた」

「おにいさん……あっ！　ひまそうだったおにいさん！」

二回目だね、その言い方。

「こら！」

「ご、ごめんなさい……」

「別に構わないですが……」

正直なところを言うと。

この街に来るまでの道中、雪だるま作ったりスキーをしていたりと、そこそこ遊んでいた記憶がある。

案外アリーシャの言うことも、まぁ間違ってはいない。

まぁともあれ、親子の再会に水を差すような真似（まね）も出来ない。

「僕は僕で会いたい人がいますので、それではこれで。……ところで、早めに病院に行かれた方がよいかと。きちんとした治療を受けないと、止血だけでは」

「あぁ、この後すぐに行くよ。興奮が冷めた今になって気づいたんだが、凄（すご）く痛いのな。ははっ。……まぁその、お礼をしたかったのだが、会いたい人がいると言うのなら、引き止めるのも悪い。顔を見せてあげるといい。……それにしても、本当に助かったよ。生きて帰れるとは思ってもいなかった。……ありがとう」

「……？　あ、ありがとう！」

よく分からないけれど取りあえずお礼を言っておこう、という感じのアリーシャと、深々と頭を下げるその父。

そんな二人に会釈をして、僕はゆっくりと歩き出した。

助けたい——そう思った人をきちんと助けることが出来たというのは、不思議と凄く気分が良いものだった。

あとはアティの所に帰るだけだ。

※

元々泊まっていた宿の、外側のガラス窓から内側がふと見えて、僕の足が止まる。

フロントに設置されているソファに、アティが座っているのが見えたのだ。そして、なぜかその横にヴァレンとセシルもいる。

なんだろう。一同が凄く沈痛な面持ちなのだが……。

取りあえず中に入ろう——と、宿の扉を開くと、両の目をしきりに拭い始めるアティがいた。

凄い勢いで泣いている……ようである。

一体何が起きているんだと僕が立ち尽くしていると、セルマがやってきて、ハンカチでアティの涙を拭き始めた。

「すまぬ。ワシの力が及ばす……」

「ひっく……」

「ごめんね。私もハロルドなら大丈夫かなって思って、でも戻って来たら全然姿が見えなくて」

「ぐすっ……」

「まだ一緒に旅をしている、と言うておったことを思い出してのう。ならばこの街に居るだろうと思うて、せめて若人の事をきちんと伝えておこうと……」

えっと……。

僕が困惑していると、まず最初にセルマと目が合った。

「……」

「……」

そして次に、セシルと目が合い、

「……」

「……」

ヴァレンとも視線が合った。

「……」

「……」

いまだに俯いて泣いているアティを除いて、一同が驚いたような表情で僕を見る。

「うぅ……ハロルド様……」

「……奥様」

「……ねぇアティちゃん」

「ひっく…… 〝しるし〟がいつの間にか……消えていて……」

「奥様、旦那様がお戻りになられたようですが」

「――――え？」

アティが顔を上げる。そして、僕と目が合う。何て言おうかと思って、僕は軽く頬を掻いた。すると、アティが再び泣き始める。

「うゞうゞう……」

どうしよう。

取りあえず、泣き止んで貰わないといけない。

ヴァレンとセシルの二人がすっと場所を譲ってくれたので、僕はアティの隣に座ると、よしよしと背中を撫でる。

「……生きてたんだ。そっか。てっきり死んだかと思って」

「うん？　何か言ったの？」

「ハロルド死んじゃったって」

「う、うむ」

余計な事を吹き込まないで欲しい。

でもまぁ、確かにあの状況だと助かったとは思わないか……。

氷河迷宮が崩れたのに戻って来ずで、先に脱出した様子も無さそうとくれば、死んだと思うのも無理はない。

「で、ではな」

「うん。じゃ、じゃあねハロルド」

二人はそそくさと宿から出て行った。

空気を読んだらしい。

まぁそんなことよりも……アティをどうにかしないとね。

「ごめんね。いきなり居なくなってしまって」

「ど、どこにおられたのですか……？」

「ちょっと氷河迷宮に」

「な、なぜ……」

「アティ、窓に絵を描いていたよね？　親子の絵。あれを見て、もしかしたら、早く南大陸へ行ってご両親に会いたいのかなって思って。その理由を言ったら、きっとアティは止めるかなって思ったから、勝手に……。氷河迷宮もなんとかなって、氷も溶け始めたから、そのうち南大陸へ行けるよ」

「……そ、そんな理由で」

「僕にとっては大切な理由だよ。アティが行きたいと言った場所に、どうしても連れていきたかったんだ」

「……あ、あの絵は、ハロルド様と私と、そしてお腹（なか）の子の絵で」

「そっか。僕の子が――え？　今なんて？」

すごい言葉を聞いた気がする。

「で、ですから、私のお腹の中にハロルド様のお子がいるのです。それで、三人一緒の未来のことを考えて、それで絵にしただけで……」

言葉を失う、というのは正にこういう時に使うのだろう。

僕は何も言えず、ただ驚いた顔でアティを見ることしか出来なかった。

「そもそも、私には姉妹がおります。家族の絵を描くなら、姉と妹も一緒に入れます」

な、なんということか。

まさか全て僕の勘違いだったと言うのか。

「……ハロルド様が消えて、〝しるし〟でも辿れなくて、街中毎日探して……そしたらヴァレンさんとセシルさんと会いまして、ハロルド様は死んだと言われて、どうしたら良いか分からなくなって……」

「死んでない死んでない」

また泣きそうな顔をされたので、ぎゅうっと抱きしめて、頭をぽんぽんと軽く叩く。

柊の実は本当に〝しるし〟を消す効果があったようだ。

だけれど、そのことでやっぱり不安にさせてしまったらしい。これは僕が悪いかな。まぁでも、そんなことよりも今は、

「……ここに僕の子が？　ありがとう。嬉しいな」

僕はアティのお腹を優しく撫でる。触ってみると、ほんの少しだけ、よく確認しないと分からな

いくらいにだけれど、確かにぽこっと張り始めているのが分かった。

アティは三度(みたび)泣きだす。

今度の涙は、悲しさや寂しさの色が見えない。

安心しているような、それ以上に嬉しくて泣いているような感じだった。

「それにしても、僕も父親か……」

ふと、氷河迷宮で会った父のことを思い出した。

父が僕の前から去ったのは、僕がまだ本当に小さい子どもの頃だ。

傍(そば)にいてくれなかったことや、あまりに自分勝手で奔放なところに、良い感情を持つこともあまり無かった。

そしてその気持ちは、再び会った今でもなお、変わることはなく。

それどころか、迷宮核を破壊したあの行動が理解出来ず、許せないという気持ちも湧(わ)いている。

あの場にいた人がどういう目に遭うのか、考えもしなかったのだろうか？

あまりに自分勝手過ぎる。昔から何も変わっていない。

僕はああいう父親にはならないようにしなければ――と、心の中で固くそう誓った。

エピローグ

一週間が経った。

氷河迷宮が完全に崩壊したことによって、周辺地域はすっかり以前の通りに戻りつつあるそうで。

雪も氷も溶け、海原が戻り、木々にも緑の芽吹きが見え始める。

宿の窓から外を見ると、少し遠くの山の方に、桃色の花が沢山咲いているのが見えた。

桜の花だそうで、咲くのはかなり珍しいという。

この辺りの地域には桜の木が群生してはいるものの、冬が無い気候のせいで、花を見ることはまず叶わないらしい。

しかし、氷河迷宮の影響によって、強制的に冬が訪れたような形となったお陰で、桜が越冬をしたと認識し、綺麗な花を咲かせたようだ。

僕はこの両目で、雪の無くなったこの地域の元の彩りを見つめて――

「――あれ？」

一瞬だけ左目の色彩が戻った気がした。

でも、すぐにまた白黒の世界へと変わる。

気のせい……だろうか？

それともまさか左目が治り始めている……？

「いや……今はそんなことはどっちでもいいや」

治りかけているのなら、それはそれで越したことはない。

逆に治らなくても、この左目にもだいぶ慣れて来たから何も問題はない。

右目がきちんと見えているから不都合もないし。

だから、それよりも。

あとでアティとセルマとエキドナを連れて、それにまだヴァレンやセシルが街に残っているのなら二人も誘って……皆で桜を見に行きたいね。

あとがき

二巻を買って頂けた、ということは、一巻も読んで頂けたものだと推測しまして——お久しぶりです、読者の皆様。

本巻もご購入頂きましたこと、ありがとうございます。

前巻のあとがきでは、みっともない文章を載せました、陸奥(みちのく)こはるです。

さて、今回のあとがきでは、少し作品について触れたいと思います。

まず、物語についてです。元々『家が燃えて～』は、〝小説家になろう〟様に掲載していた小説が基になっております。

ですが——色々と考えるところや思うところもありまして、本巻から、書籍とWEB版でストーリーが完全に別になりました。

WEB版を基に、修正や加筆を行うに留(とど)めた一巻とは、かなり違って来ています。

勿論(もちろん)、WEB版を下敷きにした箇所も、本巻には一つあります(序盤の海底城のお話)。ですが、それ以外は完全に新規書下ろしになっています。ストーリーの進み方にも手を加え、パラレルワールドのような感じになりました。

ですので、小説家になろう様を見て、本作を知った・興味を持った、という方にも楽しんで頂けるかと思います。

次に、作中での謎についてです。今回が二巻となるのですが、色々と謎が回収しきれないままとなりました。二巻で出た部分ですと、ハロルドの父、占者（せんしゃ）等々。一巻で出た部分であれば、半人半魔、帝国の動き等々……。

これらに関しては、もしも三巻が発売出来る運びとなりましたら、そこである程度回収が出来ればな、と思っております。

ただ——売れ行きや、その他状況等によっては、三巻が発売出来ない可能性はあります。その場合、『家が燃えて～』は二巻で終わりということになります。

個人的には、そうなる可能性についても、勿論想定していました。それゆえに、本巻の終盤を、ハロルドとアティの間に子どもが出来る、という展開にしています。

謎は多少残っているものの——その後の二人は、きっと幸せになっていくんだろうな、と思わせる締め方にしてみました。

と、まぁこのような感じです。

あとがきは以上となりますが――

――最後に。

前巻に続き、刊行にあたり関わって下さった皆様に、この場を借りて、感謝の気持ち等をお伝えしたいと思います。

①担当編集K様・カドカワＢＯＯＫＳ編集長様。前巻に引き続き、今回も色々とご迷惑をお掛け致しまして、本当に申し訳ありませんでした。感謝の言葉しか出て来ません。

②前巻に引き続き、素敵なイラストを描いて下さった花染（はなぞめ）なぎさ様。スケジュール等、大変であったかと思います。そんな中、ありがとうございます。

③校正様。今回は色々と事情が重なった結果、ギリギリでの入稿になったにも拘（かかわ）らず、しっかりと丁寧に対応して下さいまして、ありがとうございます。本当にすみません……。

その他にも、営業様、各書店様……一巻に引き続き、今回の二巻も、関わって下さった方々の多大なご助力あっての刊行です。

改めて、関係者各位に感謝をお伝えします。
そして、読者の皆様、関係者の皆様——もしも三巻を出せる事になりましたら、その時もぜひぜひよろしくお願い致します。

それでは失礼します。

敬具

お便りはこちらまで

〒102－8078
カドカワBOOKS編集部　気付
陸奥こはる（様）宛
花染なぎさ（様）宛

カドカワBOOKS

家が燃えて人生どうでも良くなったから、
残ったなけなしの金でダークエルフの奴隷を買った。2

2020年 4 月10日　初版発行

著者／陸奥こはる
発行者／三坂泰二
発行／株式会社KADOKAWA

〒102-8177
東京都千代田区富士見2-13-3
電話／0570-002-301（ナビダイヤル）

編集／カドカワBOOKS編集部
印刷所／大日本印刷
製本所／大日本印刷

※定価（または価格）はカバーに表示してあります。

●お問い合わせ
https://www.kadokawa.co.jp/（「お問い合わせ」へお進みください）
※内容によっては、お答えできない場合があります。
※サポートは日本国内のみとさせていただきます。
※Japanese text only

Printed in Japan
ISBN 978-4-04-073603-7 C0093

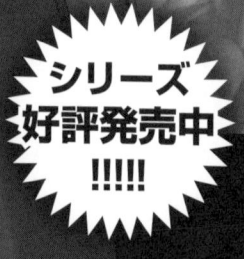

魔石グルメ
魔物の力を食べたオレは最強！

魔王よりも強いけど、平穏に暮らしたいんです。
B's-LOG COMIC＆異世界コミックにて
コミカライズ決定!!!!!
漫画：のこみ
カドカワBOOKS

AKUYAKU REIJO LEVEL 99

悪役令嬢レベル99

~私は裏ボスですが魔王ではありません~

七夕さとり Illust. Tea

RPG系乙女ゲームの世界に悪役令嬢として転生した私。だが実はこのキャラは、本編終了後に敵として登場する裏ボスで──つまり超絶ハイスペック！　調子に乗って鍛えた結果、レベル99に到達してしまい……!?

最強の鑑定士って誰のこと？
Who is the strongest appraiser?
～満腹ごはんで異世界生活～
美味しい料理で胃袋をがっつり掴んだり……
チートアイテム＆技能でものづくりをしたり……
たまに活躍!?
チートな鑑定で事件も解決!!